1. Großgaffelsegel
2. Toppgaffelsegel
3. Stagsegel
4. Vorbramsegel
5. Gekültes vormarssegel
6. Mars / Krähennest
7. Focksegel
8. Innen Klüver
9. Flieger
10. Außenklüver
11. Ankerspill
12. Wanten
13. Kajüthaus Mittschiffs
14. Dollen
15. Kajüthaus achtern
16. Unterrichtsbereich
17. Hellglatt
18. Mannschaftsquartier
19. Kammer des Kapitäns
20. Kombüse
21. Waschraum der Mannschaft
22. Schlafraum der Schüler
23. Apotheke
24. Quartier der Lehrer
25. Waschraum der Schüler

DRESSLER

Tobias Rafael Junge

DEAD WATER

DAS LOGBUCH

Kurs: 22° 34' N, 88° 22' O

Mit Illustrationen von Nils Andersen

Dressler Verlag · Hamburg

MIX
Papier aus verantwortungsvollen Quellen
FSC® C014496

Originalausgabe
2. Auflage

Poppenbütteler Chaussee 53, 22397 Hamburg

Umschlaggestaltung und Innenillustrationen: Nils Andersen
Dieses Buchprojekt ist auf Oetinger34.de im Team entstanden.
Satz: Arnold & Domnick GbR, Leipzig
Druck und Bindung: GGP Media GmbH,
Karl-Marx-Str. 24, 07381 Pößneck
Printed 2017/II
ISBN 978-3-7915-0049-2
www.dressler-verlag.de

Für Thula und Freya,
meine Sturmgeister

INHALTSVERZEICHNIS

– 0 –
AUF EIGENE GEFAHR

8. Juli
100 Seemeilen vor der bengalischen Küste, N 20° 26', O 89° 50'
32 °C, schwül, bedeckt
SW4, leicht bewegte See

Hanna

Wenn man zu lange und zu weit auf das Meer hinausfährt, wenn man dem Horizont zu nah kommt, stürzt man irgendwann über den Rand der Welt ins Nichts. Früher haben die Menschen an so etwas geglaubt und stellten sich einen gewaltigen Wasserfall vor, der donnernd in die Tiefe rauscht. Und dann? Ist man einfach weg, oder geht es endlos weiter nach unten, immer weiter, weil man aus der Zeit gefallen ist? Davon erzählen keine Geschichten, keine Bilder und keine *Wikipedia*-Artikel.

Wir *sind* über den Rand unserer Welt hinausgesegelt. Für uns gibt es kein Zurück mehr. Deshalb haben wir angefangen, alles aufzuschreiben. Für das, was wir getan haben, könnten wir uns ein

Leben lang entschuldigen, uns einreden, wir hätten keine andere Wahl gehabt, doch ändern würde es nichts. Leichentücher werden nicht aus Seemannsgarn gewebt.

Wenn ihr das hier lest, sind wir wahrscheinlich tot, Tintengeister, die zwischen diesen Seiten spuken und bis ans Ende aller Tage die Planken unseres verfluchten Schiffes schrubben müssen.

MIT ZAHNBÜRSTEN
MAX

Danke für die Ergänzung. Trottel!
(Mali)

Chris

Die anderen sind ganz still. Wie schwere Weidenzweige beugen sich ihre Köpfe über meine Schultern. Ich möchte euch gerne von ihnen grüßen, nur erscheint mir das so dumm und belanglos. Aber vielleicht sind Dummheiten das Letzte, was uns geblieben ist. Wir sehen uns … vielleicht. Eines Tages hinter dem Wasserfall.

und wer war das jetzt??

– 1 –
DIE NACHT IST DER TIEFSTE OZEAN

13. Juni
Hamburg, N 53° 33', O 09° 48'
26 °C, überwiegend heiter
NW2 – 3, ruhige See

Chris

In einem schlechten Film hätte der Schrei meiner Mutter die Glaswände unseres Poolhauses zerspringen lassen. Aber der Reihe nach, denn alles begann mit der besten Idee des Universums.

Ihr habt ein ganzes Haus für euren Pool? Lukas

»Das ist die dümmste Idee, von der ich je gehört habe«, brummte Lücki wenig begeistert. Mit seinem hautengen Funktionsshirt, in dem wahrscheinlich mehr Weltraumtechnik steckte als in den meisten Satelliten, lehnte er an der vollgekritzelten Säule neben dem Kopierer und nahm einen Schluck von seinem Proteindrink.

Ich schäme mich auch ein bisschen dafür. Chris

Von Wegen... (Mali)

Ich war nicht bereit, mir meine gute Laune vermiesen zu lassen – auch nicht von meinem besten Freund.

Doch, ich bin eher der Whirlpool-Typ

»Das sagt ausgerechnet jemand, der gerade rohe

Eier und zermatschte Erbsen trinkt«, sagte ich abwesend, mehr darauf bedacht, mir nicht den Hals zu brechen. Ich balancierte auf der Lehne eines altersschwachen Stuhls und versuchte, mein Bild ganz oben an der Säule zu beenden. Der schwarze Edding war kurz davor, den Geist aufzugeben, aber mein Meisterwerk *Schiff im Klo* brauchte noch ein paar Dutzend Möwen.

»Eine Party ist immer eine gute Idee – vor allem, wenn ich sie schmeiße«, sagte ich.

»Aber mitten in der Prüfungsphase?«, gab Lücki zu bedenken. »Wir schreiben jede Woche zwei bis drei Tests.«

»Das ist ja das Geniale daran.« Ich sprang vom Selbstmordstuhl. »Meine Eltern glauben, ich lade euch alle zum Lernen ein.«

»Die gesamte neunte Jahrgangsstufe? 93 Leute?«

»Okay, sie kennen vielleicht nicht alle Details, aber wir haben das Haus ohnehin für uns, weil sie über Nacht auf irgendeinen Handelskongress müssen.«

»Vorletztes Mal sind sie auch früher wiedergekommen ...« *

»... und ich konnte ihnen das Pferd auf dem Dach plausibel erklären.«

»Und wie willst du das Chaos danach beseitigen, ohne Spuren zu hinterlassen?« Lücki trat energisch auf eine der vielen Blasen im grauen Bodenbelag und produzierte drei weitere. »Und das

*Das machen Eltern immer, vor allem in schlechten Filmen und Büchern ... Judith ♡

willst du damit sagen, das hier ist ein schlechtes Buch? Chris

Neeee, mein Teil nicht :-) Judith

Passwort für die Kameras haben sie garantiert geändert.«

Helden schweigen und genießen. Chris

»Mach dir keine Sorgen«, sagte ich zur staubigen Zimmerpalme in der Kopierecke, »ich habe einen Plan.«

Whatever... Louisa

Lücki schwankte, das sah ich. Er musterte mich, als würden meine zerrissenen Jeans und mein farbverschmiertes T-Shirt irgendetwas über meinen Geisteszustand aussagen.

»Kann ich auf dich zählen?«, fragte ich mit todernster Stimme und drehte mich zu ihm.

Er zerdrückte die Dose seines Shakes und warf sie ohne hinzuschauen zwei Meter neben den Mülleimer. Wir sahen uns grimmig in die Augen und hielten die Luft an. Das Echo meiner Worte verhallte im leeren Flur des Gymnasiums und der Wind zwängte sich pfeifend durch den undichten Fensterrahmen hinter uns. Meine braunen Locken klebten an der sommerheißen Stirn.

Ach komm, so ist das doch nie passiert!! Judith♥

PSST... Mach die Stimmung nicht kaputt! Chris

Die dritte Stunde – Geschichte mit Frau Grützner – war in vollem Gange, und normalerweise genossen wir das bisschen Freiheit, das mit dem Kopierdienst einherging. Der rumpelnde und blitzende Kopierer spuckte irgendwelche Arbeitsblätter über irgendeinen uralten Friedensvertrag aus. Gestern erst hatten wir einen etwa 15-km-Papierstau verursacht, damit wir Zeit schinden und die neue hübsche Sekretärin um Beistand anflehen konnten. Aber heute war alles anders.

Die Kopien landeten unfallfrei auf der Ablage und das Lesegerät warf die Chipkarte aus. Unsere Namen – Chris Kazan und Olaf Lück – waren schon ganz verblasst. Immerhin hatten wir uns seit der fünften Klasse jedes Jahr freiwillig für den Posten gemeldet.

»Meine Augen fangen an zu brennen«, presste ich hinter schmalen Lippen hervor.

»Du atmest ja«, stieß Lücki mit einem Japsen aus. »Du schummelst!«

»Ich hab halt keine Lust zu ersticken.«

»Dann ... ist ... es ja«, beschwerte er sich keuchend, »kein Wunder ... wenn du immer ... gewinnst!?«

»Ach komm, die Regeln sind lahm und Publikum haben wir auch keins.« Ich schlug ihm spielerisch mit der Faust gegen den Oberarm.

Autsch!

Da hätte ich vermutlich gleich gegen die Wand kloppen können.

Eigentlich bin ich immer der Sportlichere gewesen. Auch in Bio, Deutsch, Geschichte und natürlich Zeichnen musste ich mich nie richtig anstrengen. Manchmal war mir das sogar ein bisschen unangenehm, aber die meiste Zeit fand ich es ganz okay, mich mit der Schule nicht so stressen zu müssen.

Lücki konnte zwar Klavier spielen, aber er hatte nicht meine natürlichen Talente, meine eisblauen Augen und meinen lässigen Charme. Mit mir kam er natürlich trotzdem in die Nähe der hübschesten Mädchen. Bis vor einem halben Jahr half er dabei mit Igelfrisur, Pummelbauch und Babyface nicht wirklich mit. Mittlerweile ging er jedoch fast jeden Tag ins Fitnessstudio* und ernährte sich gefühlt nur noch von Magerquark. Kurz gesagt, Lücki war eine Kante geworden und unsere kleinen Wettkämpfe verlor ich jetzt meist.

*Weil er dich aufsammeln musste, wenn du dir mal wieder einen Tritt in die Eier abgeholt hast? Louisa

HEY DAS WAR SOGAR WITZIG! MAX

Chapeau … Chris

Guter Mann. ARNIE

Wir entschieden uns jedenfalls, in die staubige Vergangenheit zurückzukehren. Frau Grützner hatte vermutlich schon vor hundert Jahren Schüler mit ihren Zeitstrahlen niedergeschossen.

Als ich den Kopierer ausschalten wollte, fing er auf einmal an, das Papier wieder einzuziehen, bis er fiepsend aufgab.

»Das hört sich gar nicht gut an«, bemerkte ich vielsagend.

»Überhaupt nicht gut.«

»Dann müssen wir wohl schweren Herzens zur Sekretärin«, seufzte ich schicksalsergeben.

»Ich denke auch«, grinste Lücki. »Wer zuerst da ist.«

Wir rannten los.

Bevor Ihr fragt, ja meine Eltern sind stinkreich und ich gehe nur auf eine als Schule getarnte Müllhalde, weil sie glauben, es sei gut für meine Entwicklung. Chris

Vom Geländer aus baumelten meine nackten Füße frei über der Tiefe. Brombeerbüsche und wilde Rosen stürzten steil zum Elbufer hin ab, wo der Fluss wie die bronzeglänzende Strähne einer schlafenden Riesin bis vor die Füße des Abendhimmels fiel.

Hat ja super geklappt, das mit deiner „Entwicklung“ Hanna

Das gleichmäßige Schaben des Bleistifts auf dem Skizzenblock hatte etwas Beruhigendes. Heute sogar mehr als der verglimmende Joint neben mir. Ich drückte ihn auf der Mauer aus und ließ ihn nach unten segeln.

Von der Terrasse unseres Hauses, das sich nicht wesentlich vom Protz der anderen Villen hier in Blankenese unterschied, wirkten die Spaziergänger auf der Uferpromenade wie kleine Farbspritzer auf einem ansonsten langweiligen Bild. In meiner Skizze waren sie sogar noch winziger – graue Pünktchen, wie die Grafitkrümel, die beim Spitzen übrig bleiben.

Zeichnen ist für mich immer nur Zeitvertreib gewesen. Je näher die Oberstufe rückte, desto häufiger spielte ich jedoch mit dem Gedanken, damit später mein Geld zu verdienen. Nicht dass der einzige Sohn einer erfolgreichen Reederfamilie unbedingt Geld bräuchte, aber es wäre doch nicht schlecht, alle paar Monate mal einen »echten Kazan« rauszuhauen und den viel zu teuer zu verkaufen. Oder eine eigene Galerie zu haben, in der ich drei winzige Zeichnungen vom selben Hundehaufen an fußballfeldgroßen Wänden aufhängen könnte.

Meine Eltern würden [illegible] [illegible] kaufen! Judith ♡

Das Schlimme daran: Es würde funktionieren. Seit wir hier wohnten, hatten meine Eltern nur noch mit Leuten zu tun, für die Namen wichtiger waren als die Menschen dahinter.

Kennt ihr das magische Gefühl, wenn ihr in den Wolken plötzlich Gesichter erkennt? Mir ging es oft genau andersherum. In den ganzen dauerstrahlenden Gesichtern auf irgendwelchen Geschäftsfeiern und Empfängen sah ich irgendwann nur noch graue Wolken.

Allmählich versank die Sonne hinter den Bäumen am hohen Elbufer. Seit ich klein war, mochte ich die Vorstellung, sie würde nachts unter dem Meer aufgehen und unsere Welt sähe von dort unten auch nicht anders aus als ein tiefer, dunkler Ozean.

Oh wie süß! Louisa

Halt die Klappe und geh kotzen! Hanna

Lediglich morgens und abends, für einen kurzen Augenblick, wenn die Sonne halb über den Horizont lugt und sich noch nicht entschieden hat, wohin sie gehört, erhellt sie beide Welten gleichermaßen und verrät demjenigen, der genau hinschaut, all ihre Geheimnisse.

Bevor ich weiterphilosophieren konnte, klingelte es an der Tür. Der Tag und ich klappten unsere Blöcke zu und freuten uns auf eine laue Sommernacht und die Party des Jahres.

Als ich nach zwei Stunden die Kopfhörer abnahm, wirkte die Party plötzlich gespenstisch. Alle tanzten wie in einem Stummfilm und bewegten ihre Münder, aber man hörte fast nichts. Dank der kabellosen Kopfhörer konnten wir die völlig übertriebene Anlage meines Vaters voll aufdrehen und ich bekam keinen Ärger mit den Nachbarn. In Kombination mit den geschlossenen Rollos, hatten wir unser eigenes kleines Reich von dem nichts nach außen drang.

Das Wohnzimmer meiner Eltern war fast so groß wie die Aula unserer Schule – und vermutlich zehnmal so teuer. Doch während unser altes Gymnasium wenigstens so etwas wie Rumpelkammercharme versprühte, standen in dem riesigen Glasbetonwürfel meiner Eltern so wenige Möbel, dass sogar der hässliche Plastikköter vor dem Elektrokamin zu vereinsamen begann.

Oh nein der Arme! VALLE

Plastik. Valle

PLASTIK! Chris

Trotzdem grausam! VALLE

Mit Einbruch der Dunkelheit kamen die frisch ausgetauschten Farb-LEDs des Kronleuchters besonders gut zur Geltung, und ein paar Beamer, auf denen ich sonst die aktuellsten Spiele zockte, warfen Palmen, Strand und blaues Meer an die kahlen Wände. Auf dem Marmortisch vor dem Sofa stand eine badewannengroße Glasschüssel. Die hatte ich mit dem guten Wein aus dem Keller meines Vaters und Unmengen Traubensaft gefüllt, damit morgen keiner auf die Testblätter kotzte.

Die Stimmung war entspannt. Bis auf ein paar Streber und Schisser waren alle gekommen, hatten ihre Anstandsoutfits gegen Strandklamotten getauscht und tanzten ausgelassen durch den Saal. Zu Beginn der Party war ich mit den Umarmungen gar nicht mehr hinterhergekommen. Also hatte ich mich bald hinter den Zimmerspringbrunnen zurückgezogen, damit mir niemand auf meinen Hello-Kitty-Bademantel kotzte.

»Wie viel hast du für den ganzen Scheiß bezahlt?« Lücki sah sich kopfschüttelnd um.

Für einen Typen in Hawaiihemd und Badelatschen klang er nach viel zu wenig Spaß.

»Ach, reden wir da nicht drüber«, winkte ich ab.

Während Lisa und Katharina auf dem Weg zum Pool vorbeihuschten und mir kichernd Knutschfleck Nummer sieben und acht aufdrückten, luden ein paar Kumpels aus der 9b gerade ihre Paintball-Pistolen durch.

»Okay«, sagte Lücki skeptisch. »Und du bist sicher, deine ›Vorsichtsmaßnahmen‹ reichen?«

Zur Antwort borgte ich mir höflich sein Glas und ließ theatralisch Fruchtmilch samt Cocktailschirmchen Richtung Sofa regnen.

»Musste das sein?«, brummelte Lücki und beobachtete, wie sein Shake vom schneeweißen Sofa abperlte.

»Fünfhundert Meter selbstklebende Malerfolie«, sagte ich zufrieden.

Der Raum sah ein bisschen so aus, als hätten die schlechtesten Anstreicher der Welt auf Nummer sicher gehen wollen. Der Boden, die Möbel und die Wände waren in mehrere Lagen Plastik gehüllt, das bei jedem Schritt knisterte.

Plötzlich stürmten ein paar Jungs und Mädels patschnass aus dem angeschlossenen Poolhaus

Das ist ein Witz oder?
ARNIE

Die Mädels stehen drauf und echte Kerle können alles tragen...
Chris

„Sohn deiner Eltern" ist offenbar ein lukrativer Job.
Lukas

$ehr....
Chris

herein und rutschten auf den Bäuchen bis in die Garderobe vor der Haustür.

»Ich glaube, ich sollte jetzt besser gehen«, brummte Lücki. »Morgen früh ist Matheklausur.«

»Komm schon, Mann.« Ich packte ihn mit beiden Händen am Kragen. »Du bist mein bester Freund, mach mir die Sache nicht kaputt! Ist alles narrensicher und um Mitternacht ist Schluss. Versprochen! Wir haben heute ein bisschen Spaß und morgen sind alle fit. Okay?«

Er hätte mich durch den halben Saal prügeln können, wenn er gewollt hätte, aber stattdessen ließ er den Kopf sinken.

»Lass mich los«, sagte er resigniert und ohne mich anzusehen, »ich muss noch lernen. Meine Mutter will, dass ich nächstes Jahr auf die Realschule wechsle. Sie glaubt nicht, ich könnte das Abi schaffen. Deshalb muss ich mich echt reinknien.«

»Tja, auf der Hantelbank«, sagte ich lachend und gab ihm eine leichte Ohrfeige, »trainiert man eben keine Hirnmuckis.«

Lücki sah mich an. »Du kannst so ein Arschloch sein«, sagte er mit zusammengebissenen Zähnen und stieß mich weg.

Ich verlor das Gleichgewicht, und wie in Zeitlupe bemerkte ich das schwarze Loch, in dem wir uns befanden. Um uns herum ging die Feier ihren gewohnten Gang. Gedämpfte Musik, Farbkügelchen und Gelächter erfüllten den Raum. Niemand hörte uns streiten, niemand bemerkte, wie ich mit dem Kopf auf dem Boden aufschlug.

»Du Trottel könntest alles werden, auch ohne das dicke Bankkonto deiner Eltern.«

Mein Blick verschwamm, aber ich spürte seinen zitternden Zeigefinger vor meinem Gesicht und hörte seine bebende Stimme in meinem Hirn.

»Und trotzdem schmeißt du's einfach weg, weil dein Alter das schon irgendwie regeln wird. Kapierst du nicht, Chris? Unsere Wege trennen sich. Ich mache eine bekloppte Ausbildung und du gehst auf irgendeine Privatuni. Seit wir uns kennen, treiben wir jedes Jahr weiter auseinander. Und du bist zu beschäftigt mit Kiffen und Rebellieren, um das zu bemerken.«

Mein brummender Schädel brauchte eine Weile, um zu registrieren, dass Lücki gegangen war, und es dauerte noch länger, bis ich verstand, dass ich gerade meinen einzigen echten Freund verloren hatte.

Das tut mir sehr leid. Hanna

Das Nächste, an das ich mich erinnerte, war der poolhauszerberstende Schrei meiner Mutter. Und da meine Eltern danach drei Tage lang nicht mehr mit mir redeten – ein Rekord, auf den ich nicht unbedingt stolz bin –, musste ich ein bisschen herumtelefonieren, um zu erfahren, wie der Abend zu Ende ging.

Dabei kam heraus, dass ich nach dem Streit offenbar zum Pool geschwankt war und es mir auf einer Luftmatratze gemütlich gemacht hatte. Da ich hin und wieder in der Schule ziemlich benebelt aufgetaucht bin, schoben die anderen mein Lallen und Taumeln darauf. Die Wunde an der Schläfe hielten alle für einen zerplatzten Paintball. Selbst im Delirium muss ich noch ein ausgesprochen geistreicher und attraktiver Gastgeber* gewesen sein, denn die Feier ging bis in die Morgenstunden.

Als meine Eltern am Vormittag eintrafen, fanden sich keine Spuren der Nacht mehr – jedenfalls nicht im Wohnzimmer. Leider waren dem Aufräumkommando zwei kleine Missgeschicke unterlaufen. Vielleicht hätte ich den Saufköppen im Vorfeld die Funktionsweise einer Schere erläutern sollen. Natürlich erwies sich unsere Mülltonne als einen Tick zu klein für ein Folienknäuel in der Größe des Mondes, weshalb sie es auf die Nachbarschaft hatten aufteilen sollen. Leider hatten sie vergessen, die Bahnen auseinanderzuschneiden, sodass eine klebrige Folienspur wie der Faden einer Monsterspinne bis zu unserem Haus führte.

Das Ganze hätte sich ja noch als das Werk psychopathischer Tapezierer vertuschen lassen, wenn sie nicht den verdammten Rotweinkübel aus Faulheit oder Panik in den Pool gekippt hätten. Als meine Mutter mich reglos mit einer Kopfwunde auf dem scheinbar blutgetränkten Pool treiben sah, war sie jedenfalls kurz davor, mich ein zweites Mal umzubringen.

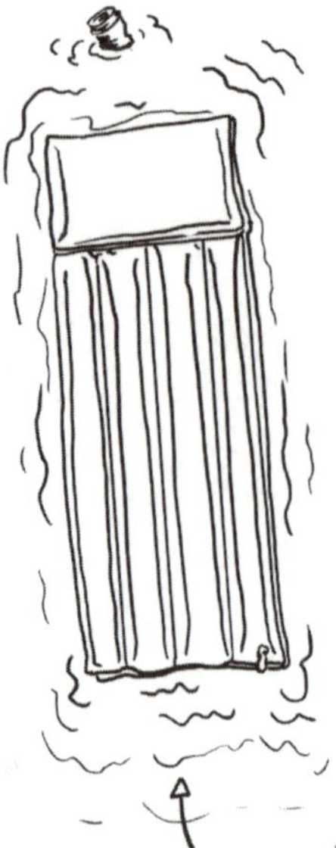

Poleposition! Chris

*Du solltest öfter auf den Kopf fallen! :-) Judith

HEY DEN WITZ WOLLTE ICH GERADE MACHEN MAX

Wäre das alles gewesen, ich hätte mich vermutlich wie so oft herausreden können, Besserung gelobt, ein paar harmlose Strafen auf mich genommen und die miese Stimmung auf einer Arschbacke abgesessen, aber aller bösen Dinge sind bekanntlich drei.

Das WLAN-Passwort meiner Eltern »Chrissispatz« war nicht so irre schwer zu knacken. Ich hatte für die Dauer der Party die Kameras ausgeschaltet, nur leider war da offenbar etwas schiefgelaufen. Zwar gab es keine Spuren *dieser* Party, aber seltsamerweise fanden sich auf dem Online-Speicher plötzlich alle Aufnahmen der letzten – also die *nach* dem Pferd –, die bislang unter dem Radar geblieben war. Irgendjemand wollte mir offenbar eine Lektion erteilen.

Ihr habt das Passwort jetzt geändert, oder? Ich meine, das hier lesen bestimmt mal ein, zwei Leute...
VALLE

Klar doch. Aber.... äh könntest du mich später noch mal dran erinnern? Nur so...
Chris

Weder dumme Witze noch ehrliche Entschuldigungen halfen. Beim gemeinsamen Abendessen war es, als gäbe es mich gar nicht. Sie stritten über ihr Versagen bei meiner Erziehung. Also eigentlich stritten sie nicht, sondern waren sich einig, fünfzehn Jahre in den Sand gesetzt zu haben. Vergeudete Investitionen in meine Zukunft und so. Deswegen wunderte es mich umso mehr, dass ich trotz ausstehender Klausuren zu Hause bleiben sollte. Was hatten sie vor?

Gerade als ich das Gefühl bekam, meine Eltern hätten sich zumindest ein bisschen beruhigt – mein Vater hatte versehentlich »Guten Morgen!« zu mir gesagt –, kam es richtig dick. Einen Tag nachdem meine Mutter im Netz nach Schulen für »Problemkinder« gesucht hatte, lag der passende Prospekt auch schon im Briefkasten. Ich war geliefert.

Als das Flugzeug nach einer weiteren Woche Streit durch die Wolken stieß, schrumpfte Hamburg auf die Größe einer Spielzeugstadt.

– 2 –

DAS ALTE *Mädchen* MARIE

18. Juni
Kalkutta, N 22° 33′, O 88° 22′
32 °C, schwül, bedeckt, Schauer
SW4, mäßig bewegte See

Lukas

Ein paar Möwen schrien mit den Hafenarbeitern um die Wette. Ich saß auf den knarzenden Planken unseres Schulschiffes und betrachtete die ferne Skyline. Mit dreizehn Jahren war man auch in Indien zu jung fürs Gefängnis, aber bereits alt genug, um richtig Mist zu bauen. Das wusste ich nur zu gut.

Kalkutta war ein einziges Durcheinander aus alten Träumen und bösen Märchen. Wie Drachen bliesen die Schlote der Jutefabriken Rauch in den Himmel. Es regnete seit Tagen. Im Stadtzentrum wuchsen glänzende Hochhäuser aus Glas und Wolken, an den Rändern wucherten Slums aus Blech, Holz und Hunger. Dazwischen Kirchen aus der Kolonialzeit, bunte Hindutempel und wimmelnde Basare.

Kalkutta
oder Kolkata
(früher auch Calcutta)
- Hauptstadt des indischen Bundesstaates Westbengalen
- Unter britischer Herrschaft bis 1911 Hauptstadt Indiens
- ca. 4,5 Mio. Einwohner
- vor allem östlich des Flusses Hugli gelegen
- der Hafen ist über 100 km vom indischen Ozean entfernt.

Hanna

Kalkutta → কলকাতা
Auf bengalisch

Als ich klein war, hat mir meine Mom immer von Indien vorgeschwärmt, und irgendwann sind wir von Berlin nach Kalkutta umgezogen.

Der Name Kalkutta bedeutet so viel wie »Tor der Göttin Kali«. Und die war ausgerechnet die Göttin der Zerstörung und des Todes.

Eilige Schritte rissen mich aus meinen Gedanken. Neben mir tauchte ein Mädchen auf und lehnte sich würgend über die Reling. Sie hatte ein hübsches, aber ungesund graues Gesicht.

»Was glotzt du mich so an, Trottel?«, fauchte sie.

Ihre schwarzen Haare trug sie streng zu einem Knoten gebunden, und obwohl sie vielleicht ein oder zwei Jahre älter als ich war – also vierzehn oder fünfzehn –, sah sie aus, als arbeitete sie, schon seit sie alleine aufs Klo gehen konnte, in einer Bank.

Plötzlich huschte ein rothaariges Mädchen mit explodierten Sommersprossen wie ein fröhliches

Lukas, du hast echt zu viel Zeit mit Max und Chris verbracht!
Louisa

Ich erwähne mal nicht, dass Lukas gerade rot angelaufen ist und sich nicht traut zu antworten...
Chris

Flämmchen über das Deck, trat zwischen uns und biss herzhaft in einen fettigen Burger.

Superburgergirl schlägt zurück, um Hippieboy vor Stock-im-Arsch-Girl zu retten … Judith♡

Judith

Die Wangen der zugeknöpften Tussi blähten sich schlagartig auf und sie kotzte über die Reling.

Ich klopfte ihr mitfühlend auf den Rücken. »Lass alles raus, Schätzchen. Das miese Essen und die ganzen losen Schrauben aus deinem Kopf.«

Ihr Blick war mörderisch – aber egal – jede anständige Heldin braucht eine Erzfeindin.

Ich drehte mich zu dem Jungen. »Ich heiße Judith. Zeigst du mir das Schiff?« Ich legte meinen Arm um seine Schultern. Er zitterte. War er auch seekrank? Oder nur extrem schüchtern?

Ey! Es war kalt! Lukas

Klar … Judith♡

»Lukas«, erwiderte er zögerlich.

»Okay«, sagte ich und bot ihm von meinem Burger an, was er hastig ablehnte. Ich stopfte mir den Rest in den Mund.

»Paff auf, woweit ich weif … Fuldigung.« Ich schluckte runter. »Soweit ich weiß, sind wir die beiden Jüngsten an Bord, und du bist sogar kleiner als ich, also …«

Lukas ließ den Kopf hängen.

»Sorry, schlechter Anfang. Was ich sagen will: Wir müssen zusammenhalten, oder?«

Lukas versuchte verlegen, seine Haare zu richten, die er scheinbar mit einem Rasenmäher geschnitten hatte.

Oh Mann. Erst zwei Stunden auf diesem Schiff und ich vermisste YouTube jetzt schon.

Louisa

Ich hasste alles. Es war heiß, es regnete und der Smog hing wie eine Glocke über der Stadt. Auf dem Schiff stank es nach Teer, Tabak und billigem Rasierwasser (vielleicht war es auch das Zeug, das die Besatzung trank, keine Ahnung). Überall schwirrten Mücken umher und die beiden *Kinder* hätte ich am liebsten ertränkt. Vor allem aber hasste ich meinen Vater dafür, dass ich nun sechs Monate lang auf diesem Schiff festsaß. Selbst ohne das ständige Schwanken hätte ich mich übergeben können.

Ach … ich habe keine Lust mehr. Beim Schreiben wird mir schwindelig. Macht den Mist doch allein.

Chris

Ich hatte ziemlich Jetlag. Morgens in Hamburg losfliegen und am selben Tag morgens in Kalkutta anzukommen, ist schon komisch. Mein Körper wollte schlafen. Aber das war unmöglich. Die Stadt war ein einziges Chaos, in dem mich alles umbringen wollte: Hochgeschwindigkeitsmenschenmassen, denen ich im Weg stand, Autos, für die rote Ampeln offenbar das Signal zum Anschmeißen des Turbos waren, und Regenschauer, die mich im Minutentakt ersäufen wollten. Außerdem spielte das Navi meines Smartphones verrückt und ließ mich ständig im Kreis laufen. Aber der große, erwachsene Chris wollte ja unbedingt allein nach Indien fliegen. Scheißstolz.

In der Ferne ein Signalhorn. Ich mochte das Meer, aber Schiffe fand ich nur so halb toll. Eine schwimmende Kiste schien mir einfach nicht das sicherste Fortbewegungsmittel zu sein. Auch in fliegenden Kisten fühlte ich mich nicht richtig wohl, weswegen ich froh war, die meiste Zeit des zwölfstündigen Fluges geschlafen zu haben. Die nächtlichen Zwischenstopps in Paris und Neu-Delhi waren aber ganz cool. Die Dunkelheit machte die riesigen Städte kleiner und den Himmel größer, die Lichter der Metropolen mischten sich unter die Sterne.

Ich hatte echt Hunger, musste aber bis mittags am Hafen sein, und so winkte ich wild am Straßenrand herum, bis endlich eine Rikscha anhielt. Die wurde von einem so alten Männchen gefahren, dass ich jede Sekunde mit seinem plötzlichen Erschöpfungstod rechnete. Nachdem ich ihm die Adresse auf der Karte gezeigt hatte, bretterte er los. Ich konnte mich gerade noch am Sitz festkrallen, während mein zu kurzes Leben wie ein Film an mir vorbeizog.

»Tha-thank you«, stammelte ich, als das Fahrradtaxis endlich am Hafen anhielt und ich wieder auf wackligen Beinen stand. Ich bezahlte den Mann bestimmt mit viel zu vielen Rupien*, hatte aber keine Lust, auf das Wechselgeld zu warten. Es regnete schon wieder.

Die letzten zwei, drei Kilometer ging ich zu Fuß, vorbei an Kreuzfahrtschiffen, die wie schwimmende Märchenschlösser aussahen, und schneidigen Hightech-Jachten, mit denen man im Zweifelsfall wahrscheinlich auch ins All fliegen konnte. Riesige Containerschiffe durchschnitten den Fluss und viermastige Großsegler lagen stolz vor Anker.

Auch wenn ich immer noch nicht den größten Bock darauf hatte, ein halbes Jahr nichts als Wasser zu sehen, konnte ich mich durchaus an Bord von so einem Ding sehen. Im Prospekt sah das Segelschiff echt schick aus. Weiße Segel, poliertes dunkles Holz. Kuschlige Kojen und geiles Essen. Ich meine, irgendwo mussten die – selbst für meine Eltern – sauhohen Kosten ja herkommen. Wind und Wellen gab's schließlich umsonst.

Doch je länger ich am Kai entlangschlenderte, desto kleiner, schäbiger und klappriger wurden die Boote, bis ich schließlich ein Schiff sah, das mit seinen krummen Holzbohlen und rostigen Metallflicken wie ein unvollständiges Puzzle aussah, das ein Dreijähriger zusammengebaut hatte. Das also war mein Sarg.

Glück gehabt, Chris. Auf Bengali, der britisch geprägten Verkehrssprache Kalkuttas heißt das wirklich „Danke". In Indien werden ca. 100 verschiedene Sprachen verwendet. Hanna

Ich befürchtete schon, es hieße so viel wie „bitte nochmal, aber diesmal ohne Bremsen". Chris

*Die indische Rupie (INR) wird in 100 Paise (sing. Paisa) unterteilt. 75 INR entsprechen ca. 1 EUR. Hanna

NA DA HAT EINER WOHL ZU VIEL TASCHENGELD MAX

Bei mir lief es an der Börse gut, da kann ich mir diesen Luxus auch mal leisten. Chris !! :)

Mali

Irgendetwas war seltsam an diesem Schiff, fühlte sich falsch an, alt und traurig. Es steckte im Holz. Wie ein Schrecken, der dir in die Knochen fährt und dich nicht mehr loslässt. Vielleicht lag es aber nur am bedrückend grauen Himmel oder am Ächzen der alten Masten und Spieren, wenn eine Böe an ihnen zerrte. Vielleicht auch am modrigen Geruch der Planken.

Ist hier im Buch nicht irgendwo eine Zeichnung von "unserem" Schiff?
Chris

Ja schau mal vorne nach.
Judith

Das Schiff war alt. Wie viele Menschen waren hier wohl an Krankheit gestorben, waren über Bord gespült worden? Ich strich mit dem Finger über die raue Oberfläche des Fockmastes und zuckte zurück. Blut quoll aus meiner Fingerspitze. Der Splitter saß tief, aber ich drückte ihn heraus.

Vorsichtshalber legte ich meine unverletzte Hand an eine Sicherheitsleine. In gut zehn Metern Höhe ließ ich die Beine von der Fockmars baumeln und genoss den feuchtwarmen Wind, der mir um die Nase wehte. Das Meer war noch weit, aber das Salz schmeckte man selbst aus dem Smoggestank heraus.

Trotz ihres Alters war die *Marie* ein Traum. Der Traum eines altmodischen Schrottsammlers, aber immerhin. Einunddreißig Meter lang, elf Segel, davon zwei Gaffelsegel am Großmast, drei Rahsegel am Fockmast und jeweils drei Stagsegel zwischen den Masten sowie dem Klüverbaum. Ein solches Schiff war sogar leicht genug, um es ein kurzes

Stück zu rudern. Die Ausbesserungsarbeiten am Rumpf, verwaschene Farben, Segelflicken und ausgefranste Taue zeugten zwar nicht gerade von viel Liebe, aber soweit ich sehen konnte, lag sie stabil im Wasser. Alles in allem war die Brigantine ein kleines Wunder aus Holz und Hanf.

Mein Vater arbeitete auf Motorfrachtern, nahm mich oft mit und von ihm habe ich viel über die Seefahrt gelernt. Lange Zeit hat er auf ein eigenes Schiff gespart, aber es hat nie gereicht.

Plötzlich riss mich Gebrüll aus meinen Gedanken: »Hey, kleine Ratte, runter da!«

Unter mir stampfte ein Elefant übers Deck und sah aus, als wollte er mich vom Mast schütteln. Der Oberkörper kugelförmig, die Beinchen und Ärmchen dürr. Ausgelatschte Stiefel, blaue Matrosenhosen und ein bis zum Zerreißen gespanntes Leinenhemd. Die letzten Haare von einem Ohr zum anderen geklebt und das Gesicht wie einen roten Ballon aufgepustet, schnappte der etwa fünfzigjährige Mann zwischen diversen Beleidigungen nach Luft.

Mittlerweile glaube ich, der Olle war eher Astronaut oder Präsident der Welt als Koch. Anders kann ich mir die völlige Abwesenheit von Essen im Essen nicht erklären.
Leo

»Wird's bald ... oder soll ich ... dich holen ... du Kaker...lake!«

Wie wir später erfahren sollten, hieß er Olle Lehmann und war bedauerlicherweise der Schiffskoch der *Marie*.
Hätte ich das früher gewusst, meine Seekiste wäre vor Proviant übergequollen.

Ich war kurz davor, dem Ollen kommentarlos auf die Halbglatze zu rotzen, aber Befehl war Befehl.

Wie ich es gelernt hatte, rief ich »Abwärts!«, um niemandem auf die Finger zu treten, und schwang mich von der Mars.

Eine der besseren Mahlzeiten ...

Das Tau unter mir rief mit einem spitzen Schrei: »Aua!«

Ein regenbogenfarbener Iro tauchte auf, an dem ein Junge mit Büroklammer in der Nase und Nietenarmbändern dranhing. Da kapierte ich endlich, dass der Koch gar nicht mich gemeint hatte.

Max

»Freut mich«, sagte ich schnaufend und wuchtete mich auf dieses Holzplattformdings.*

*Das Ding heißt Mars; Fockmars, um genau zu sein, weil es am Fockmast angebracht ist. Mali

Aber das Mädel sah mich nicht wesentlich freundlicher an als der Fettfleck weiter unten. Für gewöhnlich lachten die Leute, wenn sie mich sahen.

»Max, vierzehn, aus Kassel, seit 'ner Stunde da«, ergänzte ich und streckte meine Hand aus.

HÄTTE MICH DOCH LIEBER FÜR DEN OLLEN ENTSCHEIDEN SOLLEN ... MAX

Sie war groß und hatte einen rasierten Schädel, aber immerhin wedelte sie nicht mit einem Küchenmesser in meine Richtung.

Mali ignorierte meine Hand, kletterte aber trotzdem wieder hoch und setzte sich neben mich.

»Nimm deinen Arm von meiner Schulter oder er ist ab.«

»Sorry, ist ein Reflex«, entschuldigte ich mich und versuchte grinsend, meinen Iro wieder aufzu-

Baggerst du mich gerade an UND beleidigst mich gleichzeitig? Willst du von mir oder von Mia eine aufs Maul? Mali richten. Regen und Haarspray sind einfach nicht die besten Freunde.

»Mali, fünfzehn, Bremen, seit gestern Abend an Bord.« Sie blickte besorgt nach unten, wo der Smutje angesichts ächzender Taue seine Aufstiegsversuche einstellte.

»Du weißt, dass du mich nun mit reingezogen hast? Befehlsverweigerung ist eine ernste Angelegenheit.«

»Ach, ist wahrscheinlich nur ein Versicherungsding. Ohne Einweisung dürfen wir hier nicht hoch, bla, bla, bla.« Ich holte einen silbernen Flachmann aus der Innentasche meiner schwarzen Flickenweste, nahm einen Schluck und reichte ihn Mali.

»Danke, lass mal.« Sie nahm die Flasche genau in Augenschein.

»So, so ... Versicherungsding. Sag mal, Max, warum ist auf deiner Flasche der Name *Olle Lehmann* eingraviert?«

»Ach, weißt du, meins, deins, Schall und Rauch«, grinste ich. »Im Prospekt stand was von Teamwork, Gemeinschaft und Seemannschaft. Ich dachte, ich fang schon mal mit dem Teilen von Hab und Gut an.«

Während der Olle mit seinen sich überschlagenden Beschimpfungen nur noch wie ein pfeifender Dampfkochtopf klang, fing es wieder an zu regnen, und zeitgleich tauchte unten ein schlaksiger Lockenkopf auf.

Löcher in der Jeans, stechend blaue Augen, am Rucksack baumelte ein Notizheft – er hatte etwas von einem Straßenmusiker, der nur durch die Gegend zog, weil er keinen Bock mehr auf das langweilige Leben als Model hatte. So wie Mali ihn ansah, würde ich es ab jetzt noch schwerer haben, auf diesem Schiff auch nur ein Mädchen zu beeindrucken.

Ohlàlà davon wusste ich ja noch gar nichts Mali… :) Chris

Ich auch nicht hahaha. Hanna

Ach haltet doch die Klappe!! Mali

Chris

Ich fragte mich gerade, ob das wacklige Brett zwischen Pier und Schiff tatsächlich dazu gedacht war, an Bord zu gelangen, da tauchte Rumpelstilzchen auf und zog die Gangway ein, sodass mich ungefähr zwei Meter Hafenbecken vom Schiff trennten.

»Hey, was soll der Scheiß«, beschwerte ich mich.

»Bist zu spät, Bursche«, knurrte der 1,60-m-Zwerg und verstaute die Planke unter einer Plane.

Die Haare, die ihm auf dem Kopf fehlten, hatte er sich offenbar ans Kinn geklebt, und sein kantiges Gesicht war von Falten zerknittert. Er hatte bestimmt fünfzig Seemannsjahre auf dem Buckel und seine unzähligen Tätowierungen waren von der Sonne ausgebleicht.

Ich schaute auf meine Uhr und sagte diplomatischer: »Fünf Minuten. Ich bin heute um die halbe Welt geflogen.«

»In 'nem halben Jahr sind wir wieder da«, erwi-

Der Schmeis war der 1. Maat der Marie. Dass er der einzige richtige Maat war schien ihn nicht weiter zu stören. Auf jeden Fall bestand seine Hauptaufgabe darin, uns das Leben an Bord zur Hölle zu machen. Judith ♡

derte er, während er die Reling hochklappte. Auf dem Namensschild seines grau gewaschenen Matrosenhemdes konnte ich *Jannes Schmeis* entziffern.

»Ach, kommen Sie schon, Mann«, bettelte ich, »meine Eltern haben bezahlt und drehen mir den Hals um, wenn ich das hier auch noch in den Sand setze.«

»Nicht mein Problem«, brummte er gelangweilt, drehte sich um und brüllte: »Alle Mann an Deck! Klar zum Ablegen!«

Mir klingelten die Ohren. Meine Mutter würde wieder einen Nervenzusammenbruch kriegen. Mein Vater hatte den ausgefüllten Aufnahmeantrag für eine Militärakademie in Sibirien wahrscheinlich schon in der Schublade.

Zum Schmeis gesellte sich ein zweiter Matrose mit dunkelblondem Pferdeschwanz, Vollbart und der Statur eines Wikingers. So stellte ich mir den Nordwind in Menschengestalt vor.

Gemeinsam begannen sie die Leinen loszumachen. Die *Marie* entfernte sich allmählich von der Hafenmauer. Mittlerweile waren es locker drei Meter.

Das Blut begann in meinem Kopf zu rauschen.

Vier Meter.

Mehr und mehr Leute kamen an Deck, Befehle wurden gebrüllt.

Fünf Meter.

Ich dachte an Lücki. Er wäre pünktlich gewesen

und sogar einen Tag früher angereist, so wie es im Prospekt stand. Er hätte die Chance genutzt.

Sechs Met…

Ich sprang. Von allen dummen Aktionen meines Lebens war das die drittdümmste.

Ich genoss die verblüfften Gesichter der anderen, als ich auf dem Deck aufkam und mich geschmeidig abrollte. Ein Zwinkern hier, ein Handschlag da. Die Herzen der Mädchen flogen mir zu, der Respekt der Jungs war mir sicher und dem dämlichen Seezwerg hatte ich das Maul gestopft.

Jetzt sind wir aber auf Platz ① und ② gespannt. Judith ♡

Lies einfach weiter … Chris

Ach, das meinst du. Ok, da haste Recht! Judith ♡

Hanna

Bis zur Bordwand fehlte ihm locker ein Meter. Ich hatte zuvor noch nie jemanden gesehen, der derartigen Mist baute und dabei so versonnen dreinblickte, als würde er in Gedanken gerade die Welt erobern.

Die anderen hielten den Atem an. Selbst der Schmeis und Steuermann Eiken erstarrten in der Bewegung.

Plötzlich schoss ein Schatten an mir vorüber und zwischen den Matrosen hindurch. Ein Arm griff in die Tiefe, und als hätte ein Riesenkrake angebissen, zog es den restlichen Körper hinterher.

Bevor ich mich zwischen *Oh Gott!* und *Ach, du Scheiße!* entschieden hatte, rasten zwei weitere Gestalten zur Reling – einer davon rempelte mich rüde zur Seite – und zogen Angler und Fisch an Deck.

Boah, da schleimt sich aber einer ein ...
Chris

Mit Schleim kennst du dich ja aus, kleiner Hüpffrosch!
ARNIE

Hey der war ja richtig gut, hat Louisa da etwas geholfen?
Chris

Schmanzel!!
ARNIE

SACH MAL, DREHST DU HIER GERADE EINEN WERBESPOT, ODER WAS?!
MAX

Ein Arnie muss keine Werbung für sich machen.
ARNIE

Arnie

Herr Suthoff und ich ließen Herrn Deterings Gürtel erst los, als er diesen Idioten endgültig an Bord gezerrt hatte. Ich war beeindruckt, für einen mageren Lehrer hatte er einen eisernen Griff.

Den vorwurfsvollen Blick der blonden Vogelscheue, die mir im Weg gestanden hatte, blendete ich aus. Ich zupfte mein weißes Muscleshirt zurecht, bevor ich mich zum Publikum umdrehte, und konzentrierte mich ganz auf die Wirkung meiner Strandfigur (185 cm, 87 kg, 39 cm Bizepsumfang, 7 % Körperfettanteil, gleichmäßige Bräune, goldblonde Haare, 7 cm Oberhaarlänge, 3 mm Undercut, geschmeidige Welle, perfekt anliegend).

Zum Glück war Frau Jensen schneller mit dem Erste-Hilfe-Koffer bei mir als Frau Langer. Jung, heiß und rothaarig war mir lieber als alt, knittrig und grau.

»Alles okay mit Ihnen, Konstantin?«

»Klar doch, Frau Jensen. Für Sie übrigens Arnie.«

»Ja ... ähm ... gut, Arnie.«

Sie lächelte unsicher – geht vielen so – und hockte sich dann neben Herrn Detering, der kopfschüttelnd auf den Planken saß.

»Gut gemacht, von Arnstetten«, gratulierte mir Herr Suthoff mit einem festen Handschlag. Zwar hatte er auch schon ein paar Jahre auf dem Konto, aber als ehemaliger Leistungsturner hatte er sich gut gehalten. Ein echtes Vorbild. Meine Mutter schwärmte immer noch von ihm, obwohl ihre gemeinsame Schulzeit mindestens schon tausend Jahre her war. Immerhin brachte mir das ein paar Bonuspunkte.

»Danke, Sir«, schmetterte ich.

Chris

Mann, war das peinlich. Dutzende Blicke bohrten sich in meine Haut. Ich kauerte mit angewinkelten Knien auf dem Boden und hatte meinen Kopf auf die Arme gestützt. Alles tat weh, vor allem meine Schulter, die ich mir fast ausgekugelt hatte. Ansonsten pochten noch ein paar Prellungen und blaue Flecken.

Fußspitze an Fußspitze saß mein Retter vor mir und keuchte. Schließlich sagte er ohne jede Ironie in der Stimme: »Freut mich, dass Sie es doch noch geschafft haben, Chris.«

Ich lugte über meinen Arm hinweg und sah einen hageren, hochgewachsenen Mann Mitte vierzig, der trotz locker gebundenem Zopf, offenem Hemd und Shorts eine kühle Strenge ausstrahlte. Sein Gesicht wirkte mit den eingefallenen Wangen und den dunkelgrünen Augen wie ein lange verlassenes Haus am Meer.

»Detering«, stellte er sich vor und streckte seine Hand aus. »Biologie, Chemie und Mathematik; außerdem Schiffsarzt und Eigner der *Marie.*«

Das machte es nicht gerade einfacher.

»Meinen Namen kennen Sie ja«, murmelte ich und gab ihm die Hand.

Eine hübsche Frau Ende zwanzig hatte ein Erste-Hilfe-Set ausgepackt, mit dem man eine Zombiearmee wiederbeleben konnte. Herr Detering winkte ab und beinahe tat sie mir leid.

»Ich bin Frau Jensen«, sagte sie lächelnd, als sie sich zu mir drehte. »Ich unterrichte Deutsch, Handarbeit und Hauswirtschaft. Außerdem bin ich Rettungsassistentin. Das ist Herr Suthoff.« Sie deutete auf den Kleiderschrank neben ihr.

»Sport, Englisch und Disziplin«, ergänzte Herr Suthoff viel zu motiviert.

»Und Frau Langer dort hinten«, sie meinte damit die hutzlige Oma im Hintergrund, »unterrichtet Geschichte und Politik.«

»Können wir?«, unterbrach Herr Detering ungeduldig die peinlichste Vorstellungsrunde meines Lebens.

Frau Jensen nickte eilig und half ihm auf.

So ein Fitnesspsycho, der neben Herrn Suthoff stand, bemitleidete mich kopfschüttelnd. Ich riss mich zusammen und stemmte mich ohne Schmerzensschreie hoch.

Detering straffte sich und wandte sich um.

Jetzt würde er ganz sicher die übliche Platte abspulen: *Das ist Chris. Chris ist ein Idiot. Seid nicht wie Chris.* Aber er ging nicht weiter auf mich ein.

»Nun, da wir alle vollzählig sind, möchte ich Sie auf dem Erziehungs- und Schulschiff *Marie* willkommen heißen.« Er blickte kurz in Richtung Vorschiff und wurde lauter. »Wären Sie beide dort oben so nett und würden zu uns herabsteigen?«

Ein junger Punker und eine Nachwuchsamazone kletterten hastig vom vorderen Mast und quetschten sich an einem fetten Seemann vorbei, der ihnen hastig eine Flasche aus den Händen riss.

EY! FÜR DICH IMMER NOCH "ANARCHO"! MAX

»Danke sehr«, fuhr Herr Detering fort. »Ich will keine großen Worte machen, denn erstens sind Seefahrer von Natur aus mundfaul, und zweitens hat Herr Schmeis bereits das Ablegen eingeleitet.«

Ich beäugte argwöhnisch den tätowierten Zwerg.

»Ich freue mich, mit Ihnen zusammen sechs aufregende, lehrreiche und einzigartige Monate zu verbringen. Sie werden in dieser Zeit die Grundlagen und so manche Feinheit der klassischen Seefahrt erlernen, Disziplin und Vertrauen zu schätzen wissen sowie Kameradschaft und vielleicht sogar Freundschaft finden.« Seine Stimme hatte mittlerweile etwas Feierliches. »Wenn Sie diese Fahrt hinter sich gebracht haben, ist jeder Einzelne von ihnen ein neuer, besserer Mensch, auf See und an Land.«

Ich glaube das wird nix bei mir... Chris

Seine drei Lehrerkollegen begannen mit vorsichtigem Applaus, in den die meisten halbherzig einstimmten. Dann wurden wir beinahe wortwörtlich ins kalte Wasser geworfen. Während der Regen wieder stärker wurde, mussten wir an Tauen ziehen und zerren, von denen wir keine Ahnung hatten, was sie machten.

Soweit ich es in dem Durcheinander überblicken konnte, waren neben den Lehrern noch vier Seeleute an Bord: Der alte Kapitän hieß Fenn Willenbrock und ließ sich eigentlich nie an Deck blicken. Der Schmeis gab stattdessen die Befehle und genoss es sichtlich. Eiken war Friese und steuerte das Schiff ohne ein einziges Wort zu verlieren. Hatte ich schon erwähnt, dass er Friese war? Und der Olle, tja, der diente wohl eher als Ballast denn als Koch.

Schließlich schlingerte die *Marie* halbwegs kontrolliert aus dem Hafenbecken und glitt auf dem Fluss Richtung Süden. Die Fischer und Frachtermannschaften, an denen wir vorbeifuhren, grüßten uns vorsichtig, offenbar nicht sicher, ob das Chaos an Deck vielleicht ansteckend war.

Selbst als Kalkutta nur noch als blasse Silhouette hinter einem grauen Vorhang aus Regen und Smog hindurchschimmerte, blieb der Fluss fest im Griff der Stadt. Eingezwängt zwischen Ufersiedlungen, Hafenmauern, Landungsbrücken und Bootshäusern, stank das Wasser regelrecht zum Himmel.

»Der Hugli ist ein Seitenarm des Ganges, des heiligsten Flusses Indiens, und trotzdem fließen allein in Kalkutta jeden Tag über dreihundert Millionen Liter Abwasser und giftige Industrierückstände hinein.«

Ich brauchte einen Moment, um zu kapieren, wer das gerade gesagt hatte, dann entdeckte ich Herrn Detering, der an ein Tau gelehnt übers Wasser schaute.

Lukas und ich saßen auf dem Dach des vordersten Decksaufbaus und schnauften ein paar Minuten durch. Wir versuchten, unsere glühenden Hände und schweißnassen Köpfe erfolglos an lauwarmen Wasserflaschen zu kühlen. Keine Ahnung, warum, aber ich mochte ihn auf Anhieb, auch wenn wir außer unseren Namen noch nicht viele Worte gewechselt hatten. Ich glaube, es lag vor allem daran, dass er als Einziger nicht lachte, wenn ich mich und meine blauen Flecken vorbeischleppte.

»Fäkalien, Schwermetalle, Leichenteile – das hier ist wahrlich ein Totenfluss.« Herr Detering stand mit dem Rücken zu uns und sprach so leise, dass ich ihn kaum hören konnte. Ich war nicht sicher, ob er überhaupt mit uns sprach, und spielte mit dem Gedanken, mich zu verdrücken.

»Wissen Sie, Chris, Lukas –«

So viel dazu …

»Im hinduistischen Glauben ist die Himmelsgöttin Ganga die Tochter des Himalaja und die Namensgeberin des Ganges. Als ihre Wasser für ein großes Totenritual herabstürzten, drohten sie, die Erde zu vernichten. Doch Shiva, der Gott des

Anfangs und des Endes, fing die Fluten mit sieben Strähnen seines Haares auf. So entstanden die sieben heiligen Flüsse Indiens.«

Stille.

Lukas und ich schauten uns schulterzuckend an. Schließlich fragte ich vorsichtig: »Fragen Sie das später ab?«

Herr Detering drehte sich langsam um. »Nicht ich werde Sie danach fragen, Chris, sondern das Leben.« Dann ging er.

Irgendwo schrie der Schmeis und kriegte fast einen Herzkasper, weil Max irgendwas in die Planken ritzte.*

*DAS WAR POESIE, DU BANAUSE! MAX

„Ich will hier raus, ich schwimm nach Haus" ist keine Poesie. Hanna

„DER SCHMEIS IST SCHEIß" ABER SCHON. MAX

Wir brauchten den gesamten restlichen Tag, um den Golf von Bengalen zu erreichen. Als ich am ersten Abend in meine Koje fiel, zitterten meine Arme, meine Hände brannten, und mein Trommelfell knackte vom ständigen Gebrüll, das uns bestimmt vor allem klarmachen sollte, was wir für Weicheier und Versager waren. So weit war das gar nicht weg von der Wahrheit.

Jedenfalls hatte ich schon jetzt keinen Bock mehr. Und bevor ich meine Sachen in die Seekiste stopfen durfte, durchsuchten Herr Suthoff und der Schmeis alles.

Also stand ich jetzt auch noch ohne meine letzten Grasreserven und mein Smartphone da. Drogen und sämtliche technischen Geräte waren tabu. Ich wollte nur noch nach Hause …

Leo

Chris schien ganz anständig zu sein. Jedenfalls hatte er mich sogar gefragt, ob ich oben schlafen möchte. Angesagte Typen wie er ignorieren … ähm … weniger angesagte Typen wie mich für gewöhnlich (oder haben Angst, ich könnte mitsamt dem Bett auf sie drauffallen). Ich hörte, wie er in der schmalen Koje über mir versuchte, eine halbwegs bequeme Schlafposition zu finden.

Eine schwache Dynamolampe baumelte an der Decke und musste alle paar Minuten angekurbelt werden, um nicht vollständig zu erlöschen. Es war erstaunlich still. Die Brigantine verfügte noch nicht einmal über einen ratternden Hilfsmotor.

Das Lauteste auf dem Unterdeck war ganz sicher mein Magen, der erbärmlich knurrte. Wenn das so weiterging, würde der Plan meiner Eltern ganz sicher aufgehen, und ich würde ein paar überflüssige Kilos loswerden. Das Essen war richtig mies.

Der Olle war ein derart miserabler Koch, dass der Eintopf beim Abendessen wie zähflüssige Pappe geschmeckt hatte. Ich nahm mir vor, mich morgen als Küchenjunge zu bewerben.

Ich weiß wovon du geträumt hast letzte Nacht ... Chris

Ich probierte einzuschlafen.

Anstatt Schäfchen zu zählen, versuchte ich mir auszumalen, was das wohl für ein Typ war, der murmelnd an meinem Fußende lag. Er gehörte zwar zu den Ältesten, sprach aber kein Wort. Sandalen und Socken, Cordhose und Karohemd lagen fein säuberlich gefaltet vor seiner Koje. Die Haare mit dem Lineal gezogen, schmökerte er mit einer Leselampe in einem Katzenbuch für Vorschulkinder. Dann doch lieber fett.

Valle

Er war nicht gerne ein Geheimnis. Er hatte sicher Angst. Angst und Hunger. Schrecklichen Hunger. Und einsam war er auch. Wie ich. Eingesperrt und so weit weg von zu Hause. Er war so nah, aber ich traute mich nicht. Sie hätten Angst vor ihm und seinem Unglück. Nächste Nacht vielleicht, hoffentlich. Was habe ich mir nur dabei gedacht. Nichts. Dummer Kerl.

Chris

Von der anderen Seite des Schlafraumes oder aus

den Tiefen des Meeres trug die Dunkelheit leisen Gesang heran. Ich versuchte, die Worte zu verstehen, schlief aber ein. Vermutlich wäre es besser gewesen, dem Lockruf der Tiefe zu folgen und nie wieder aufzuwachen.

Are you going to
Scarborough Fair?
Parsley, sage, rosemary
and thyme, Remember
me to the one who lives
there, For she once was
a true love of mine.
- Aus: Scarborough Fair, englisches Volkslied.
Mia

Frau Langer
Olle Lehmann
Herr Suthoff
Frau Jensen
Mali
Hanna
Paul

Eiken Vogt
Herr Detering
Fenn Willenbrock
MAX
Louisa
geht es nicht so gut…
Jannes Schmeis
Freya
?
Finja
Leo
Valle
Arnie
Mia
MAX
Haha Picasso wäre stolz auf dich… Chris
DEINE AUGEN HABE ICH ABER GUT GETROFFEN FINDE ICH… MAX

– 3 –

DER FÄHRMANN NIMMT AUCH KREDITKARTEN

28. Juni
70 Seemeilen nordwestlich der Andamanen, N 14° 16', O 92° 10'
29 °C, schwül, vereinzelt Gewitter
W6, raue See

Freya + Finja

»Aus den Kojen, faules Pack!« Zu jedem Wachwechsel posaunte der Erste Maat seinen Weckruf durch die Eingeweide des Schiffes. Als wenn die sechzehn Schläge der Schiffsglocke nicht ausreichten! Die hygienischen Zustände auf diesem Schiff waren allerdings noch schlimmer. Einmal in der Woche Wasch- und Duschtag. Die chemische Toilette stank schon bei unserer Ankunft vor zehn Tagen bestialisch.

Morgens hatte jeder Schüler fünf Minuten in einem Minibadezimmer aus dem Museum. Davon eine Minute Strom, in der man sich zwischen warmem Wasser und Welleneisen entscheiden musste. Es grenzte an Zauberei, eine halbwegs anständige Frisur hinzubekommen.

Und das alles nur, weil unsere Eltern ein bisschen Imagepflege betreiben wollten. Keine Ahnung, ob das hier die Erlaubnis für die Tour zur Fashion Week in New York im nächsten September wert war.

Als das Schlimmste an der ganzen Misere entpuppte sich das ranzige Ölzeug, das wir während des Regens tragen mussten. Eine grellgelbe Demütigung.

Chris

Ich brauchte geschlagene drei Tage, um zu kapieren, dass Freya und Finja Zwillinge waren. Wie Sonne und Mond sich am Himmel abwechseln, standen sie selten gleichzeitig an Deck. Irgendwie schafften sie es, selbst nach all den anstrengenden Tagen quietschbunt wie Zehn-Euro-Eisbecher über das Schiff zu stolzieren. Ich konnte mit ihnen nicht sonderlich viel anfangen, dafür trugen sie ihre gepuderten Näschen entschieden zu hoch, aber als Motive in meinem Skizzenblock machten sie sich gut.

Mali war genauso wenig mein Fall. Sie war cool, keine Frage, aber bei ihr hatte ich echt Angst, sie könnte mir bei einem falschen Wort die Nase brechen.

Könnte und würde! Mali

Judith war ein Kobold und Mia huschte mit ihren fransigen Haaren wie eine scheue Waldelfe umher. Sie sah zwar süß aus, wirkte aber extrem un-

Bitte?! Judith

DU SPINNST WOHL! MAX

sicher. Nur wenn sie sang, merkte man zumindest von ihrem Stottern nichts mehr. Außerdem hatte sie es Max angetan, auch wenn er es nicht zugab.

Man sah ihn ständig auf Frau Langers Gitarre klimpern, obwohl seine letzte Unterrichtsstunde laut eigener Aussage eine Million Jahre zurücklag. Und Hanna? Nun, Hanna war eben Hanna. Und das bedeutete, dass sie den ganzen Tag mit einem unsichtbaren Rotstift herumrannte. Egal, ob du etwas Falsches gesagt oder getan hattest, Hanna war sofort zur Stelle.

Hannas bester Freund der Rotstift …

Meine Konkurrenz war auch eher mau. Lukas war zu schüchtern und Max laberte alle tot. Außerdem wollte er ständig irgendeine zu Partnertattoos mit einem stumpfen Kugelschreiber überreden.

Arnie war vor allem in sich selbst verknallt und Leo in die Süßigkeiten, von denen er glaubte, sie sicher unter einer losen Planke im Schlafraum versteckt zu haben. Und Valle … ähm … der hatte offenbar genug mit den Stimmen in seinem Kopf zu tun. Und dann war da nur noch Paul …

Paul

Morbus Addison: Unterfunktion der Nebennierenrinde (NNR), unbehandelt tödlich … Paul

»*Morbus Addison* ist eine seltene, aber hochgefährliche Erkrankung der Nebenniere«, erklärte ich.

Frau Jensen schaute mich schweigend an.

»Schwächegefühl, Übelkeit, Erbrechen, Gewichtsverlust – typische Symptome, die ich hier dokumentiert habe.« Ich reichte ihr mein Notizbuch.

Sie stand neben dem kläglichen Medizinschränkchen und blätterte, während Louisa hinter mir bestimmt mit den Augen rollte.

»Wahrscheinlich hast du Spinner in dem Ding auch noch vermerkt, wann und wie viel du gepinkelt hast.« Sie grinste.

Ich schaute sie vielsagend an.

»Hast du nicht!?«, fragte sie fassungslos.

»Doch, hat er«, kam mir Frau Jensen zuvor. »Ich verstehe Ihre Beunruhigung, Paul. Aber wie ich Ihnen schon vorgestern bei Ihrem Verdacht auf Skorbut und Cholera gesagt habe: Die *Marie* wird nicht außerplanmäßig nach Kalkutta zurückkehren. Die Symptome können durchaus auf das etwas gewöhnungsbedürftige Essen, das Klima und die Schiffsbewegungen zurückzuführen sein.«

Louisa lief direkt wieder grün an. »Kann ich bitte einfach noch eine Reisetablette bekommen? Dann lasse ich Sie auch in Ruhe, Frau Jensen.«

»Aber ja doch«, erwiderte diese verständnisvoll und gab ihr eine kleine Packung Kaubonbons. »Gegen Seekrankheit hilft aber vor allem frische Luft. Wenn Sie an Deck sind, Louisa, versuchen Sie, auf den Horizont zu achten. Das hilft Ihrem Körper, sich an den Wellengang zu gewöhnen – selbst wenn die See wie heute Abend etwas rauer ist.«

Louisa nickte und ließ die Tabletten in die Tasche ihrer Strickjacke gleiten, die sie über ihren Schlafanzug gezogen hatte. Dabei war es gar nicht kalt.

Und wieviel Liter kommen da pro Tag zusammen? ☺ Chris

Nicht zu vergessen die Tropfen in der Unterhose HAHA ARNIE

Sehr lustig ... Das mache ich aus medizinischen Gründen ihr Idioten! Paul

»Schüttelfrost und Erbrechen können Hinweise auf die *Weil-Krankheit* sein«, erklärte ich hilfsbereit. »Die Infektionskrankheit wird durch verseuchtes Wasser ausgelöst und ist in einem von vier Fällen tödlich.«

Louisa

Der Typ hatte sie nicht mehr alle. Wäre es nicht so peinlich, ich hätte losheulen können. Er machte mir eine Heidenangst. Seit anderthalb Wochen spie ich mir die Seele aus dem Leib, hatte wie alle anderen Blasen an Händen und Füßen, Sonnenbrand, Schnittwunden, Prellungen und Kopfschmerzen wegen der feuchten Hitze. Und trotzdem verbrachte Paul mehr Zeit in der Schiffsapotheke als ich.

»Ich bin mir sicher, wir haben es hier nur mit einer ausgeprägten Form der Seekrankheit zu tun – vielleicht mit Einflüssen einer leichten Sommergrippe.« Frau Jensen legte mir ihre Hand an die Wange.

Ich mochte sie. Trotz ihres vergleichsweise jungen Alters hatte sie etwas Mütterliches an sich.

»Gehen Sie ins Bett, Louisa. Heute Nacht soll es stürmisch werden. Versuchen Sie zu schlafen. Ich stelle Sie von Ihren Pflichten bis morgen Mittag frei.«

Von der obersten Stufe der Treppe hörte ich Frau Jensen Paul fragen, ob sie Herrn Detering holen solle. Ich war mir sicher, der würde Pauls lächerliche Befürchtungen zerstreuen. Er war zwar nicht so schlimm wie der Schmeis, der mich jedes Mal mit einem »Raus aus der Koje, kotzen kannst du auch im Laufen« an Deck trieb, aber er war auch nicht ohne.

Mein Vater sprach mittlerweile nicht mehr viel von ihm, aber als ich jünger war, war Herr Detering bei uns zu Hause oft Thema gewesen. Papa und er waren früher Kollegen gewesen, beinahe Freunde. Mein Vater arbeitete immer noch als Immunologe, während Herr Detering nun das hier machte.

Auf dem Weg zum mittleren Kajüthaus schlug mir eine Böe des heraufziehenden Sturms ins Gesicht. Das Schiff schwankte plötzlich so sehr, dass ich glaubte, es werde sich zum Sterben auf die Seite legen. Doch das war nichts gegen das Unwetter in meinem Magen.

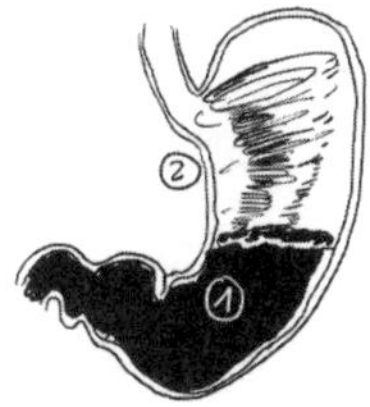

(1) Louisas Magen
(2) Tornado Stufe 10

Ich bekam eine Sicherheitsleine zu packen, traute mich aber nicht bis zur Reling. Ich übergab mich direkt vor meine Füße. Eiskalte Gischt hüllte mich ein und mannshohe Wellen ertränkten das Deck.

Chris

Die Nacht war genauso schwül wie der Tag. Blitze zuckten über den schwarzen Himmel. Die Sturmlaternen schwankten an ihren Haken und warfen scheue Lichtkegel über das Deck. Der Wind war böig, aber warm. Alle paar Sekunden klatschte der Regen in Schauern gegen die Segel.

Ich hatte Nachtwache und war schon ziemlich durchweicht. Als Louisa übers Vorschiff stolperte, befestigte ich gerade eine Leine auf dem Achterschiff. Auch wenn sie eine Zicke war, tat sie mir leid. Schließlich machte das hier keiner von uns freiwillig.

Die tosende See brüllte auf. Planken ächzten und das Seil in meiner Hand zitterte. Ich wollte ihr helfen, aber da gab mir Herr Detering von der anderen Seite mit einem Kopfschütteln zu verstehen, dass ich wichtigere Dinge zu tun hatte. Den Knoten fester ziehen, zum Beispiel. Mann, wie ich diese Schifferknoten hasste!

In den ersten Unterrichtsstunden hatten sich eher mein Hirn und meine Finger verknotet, aber mittlerweile bekam ich die Basics hin – zumindest gut genug, um nicht dafür verantwortlich zu sein, wenn uns ein Segel wegflog. Louisa verschwand unter Deck.

Heute Nacht hatten wir Rückenwind. Nur das untere Vormarssegel und die Stagsegel waren gehisst. Alle anderen blieben eingeholt, damit wir dem Wind nicht so viel Angriffsfläche boten. Die Handgriffe klappten schon ganz gut, selbst mit den stummen Anweisungen von Steuermann Eiken.

Ich erinnerte mich an die erste Nacht. Alles so neu und fremd und mit besserem Wetter. Als die

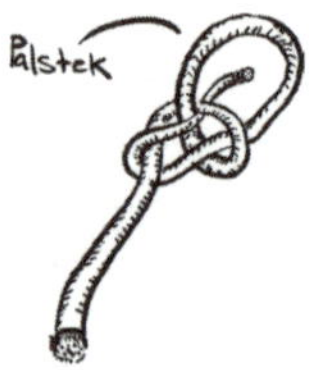

Da hat aber einer im Unterricht aufgepasst.
VALLE

"Klar Wenn es um "Todesknoten" geht hör ich ganz genau hin.
Chris

letzten Lichter der Küste erloschen waren, war ich plötzlich mit mir allein. Auf einem schwimmenden Gefängnis ohne Internet. Ich fühlte mich wie ein Neandertaler kurz vor dem Aussterben. Aber fürs Jammern blieb kaum Zeit. Herr Detering teilte uns in drei Dienstgruppen ein, die abwechselnd das Schiff führen, im Unterricht sitzen oder schlafen sollten.

»Für die Schlafschicht melde ich mich freiwillig«, sagte Max.

»Keine Sorge, Max. Auch du bekommst deine acht Stunden Schlaf, genau wie jeder andere«, antwortete Herr Detering ernst.

Jedenfalls wechselte morgens um acht Uhr die Zusammensetzung der drei Gruppen, damit sich jeder an jeden gewöhnen konnte und irgendwann alles reibungslos ablief (in der Theorie).

Dadurch konnte es durchaus passieren, dass einzelne Leute sechzehn Stunden am Stück arbeiten oder lernen mussten, während andere genauso lang freihatten.

In der ersten Nacht teilte ich mir meine Schicht mit Lukas, Hanna, Frau Jensen und Kapitän Willenbrock, der sich jedoch in seiner Kammer verkroch. Jetzt, wo ich darüber nachdachte, hatte ich ihn eigentlich seitdem höchstens noch zwei- oder dreimal gesehen – immerhin waren seit der ersten Nacht zehn Tage vergangen. Er schien uns bewusst aus dem Weg zu gehen.

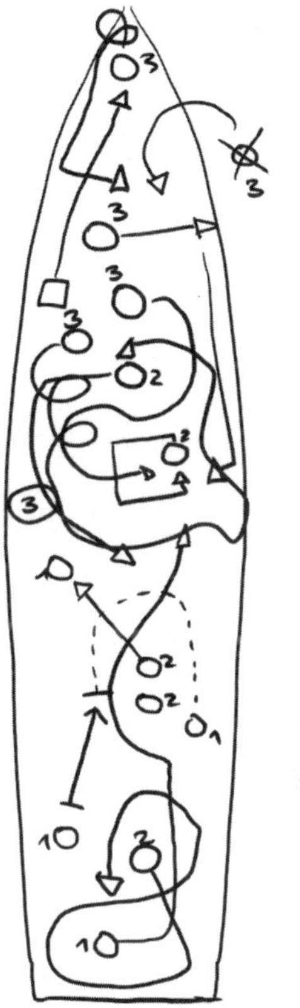

Ich glaube, so oder so ähnlich sieht die Taktik aus Deterings Notizheft aus ... Chris

Wir gewöhnten uns nach ein paar Tagen an den Drill und fanden immer mehr Schlupflöcher im engen Stundenplan. Vor allem Max war ein Genie in Sachen Faulenzen und erstellte eine Art Freizeitplan, der genau festhielt, wer wann im Beiboot am Heck, im Sicherheitsnetz unter dem Klüverbaum oder im Hellgatt, der Rumpelkammer, rumhängen durfte.

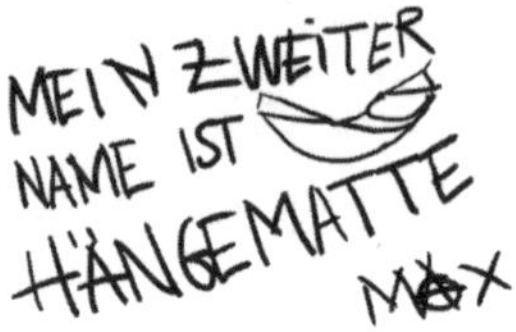

Ich schaute auf das aufgewühlte Meer. Es war schwärzer als jeder Kohlestrich in meinem Block.

Ich zog meine Kapuze vom Kopf und ließ mir vom Regen das Gesicht kühlen. Trotz der Ölkleidung, in der ich aussah wie ein riesiges Quietscheentchen, war ich pitschnass. Das Wasser kroch in jede Öffnung.

Zum ersten Mal seit Langem fühlte ich mich irgendwie unbeschwert und glücklich. Wir waren so weit weg von unseren alten Leben, dass sie uns zunehmend wie die Geschichten fremder Menschen erschienen. Wir hatten hier unsere eigene kleine Welt, die ganz sicher nicht perfekt war, aber sie gehörte uns.

Lukas

Es gab echt Schlimmeres, als mit Max, Judith und Chris die Nachtschicht an Deck zu verbringen. Viel Schlimmeres sogar. Um ehrlich zu sein, freute ich mich sogar darauf.

»Manntaue spannen«, brüllte eine Stimme vom Heck, das so tief in Gischt und Nebel getaucht war, dass ich Herrn Detering gar nicht sah.

»Verstanden!«, rief ich halbherzig zurück, da der Wind meine Antwort eh verschluckte, während ich die Sicherheitsleine fester zog. Ich hangelte mich nach hinten.

Der Wind schlug die Tür zur Brücke hinter mir zu. Eiken stand hinter dem antiken Steuerrad und ignorierte mich. Judith blickte von den Seekarten auf und lächelte. Ihre Jacke hing triefend auf der Stuhllehne. Ihre roten Haare klebten ihr im Gesicht.

»Wenn ich mich nicht verrechnet habe«, rief sie mir entgegen, während die Fenster laut klapperten, »habe ich keine Ahnung, wie weit es noch bis zum Nordkap der Andamanen ist.«

An einem anderen Tag hätte ich das ganz lustig gefunden. Eiken schüttelte genervt den Kopf.

»Hast du Max gesehen?«, rief ich. »Herr Detering will ihn sehen.«

»Keine Ahnung!« Judith klang etwas enttäuscht, weil ihr Witz nicht zündete, »wahrscheinlich pennt er wieder in irgendeinem Schrank.«

Kein Wunder, dass derjenige mit den meisten Hundswachen und Doppelschichten der Ausgeschlafenste war. Plötzlich zuckte ich zusammen, als sich am Südhimmel ein Blitz verästelte.

»Was ist?«

»Nichts«, sagte ich schnell.

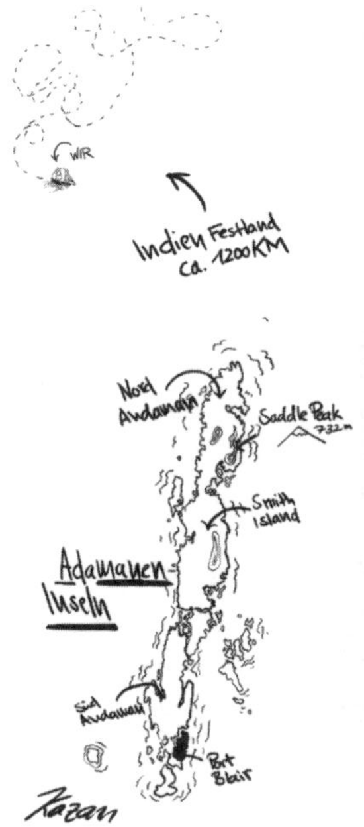

- 512 Inseln insgesamt
- Höchster Berg "Saddle Peak" 732m hoch.
- Hauptstadt: Port Blair
- 343125 Einwohner

Hanna

»Du wirkst heute echt nervös.« Sie kam näher und reichte mir einen Zwieback. »Mach dir keine Sorgen«, sagte sie aufmunternd, »Eiken hat zweimal vor Mitternacht gebrummt. Das bedeutet nach alter Seemannsregel gutes Wetter.«

Eiken brummte.

Draußen läutete die Schiffglocke sechs Mal. Drei Uhr morgens. Blieben noch fünf Stunden.

Chris

»Chris, Achtung!« Herr Detering klang ruhig, aber trotzdem zuckte ich zusammen. Instinktiv hielt ich mich an einer der Sicherheitsleinen fest.

Gerade noch rechtzeitig. Die *Marie* tauchte mit dem Bug unter Wasser und eine Welle riss mich von den Beinen. Kurz baumelten meine Beine im Leeren und ich rutschte zur Seite weg. Ich konnte mich nicht mehr am Seil halten und schlitterte über das Deck, auf das tosende Wasser zu. Dann neigte sich das Schiff ächzend zur anderen Seite und ich prallte schmerzhaft gegen die Reling.

Etwas klebte mir im Gesicht. »Nehmen Sie das weg!«, rief ich wie ein Held und fuchtelte mir vor den Augen herum.

»Bleib ruhig.« Herr Detering war zu mir gerannt und rettete mich vor dem fiesen Angreifer: einer halben Plastiktüte.

»Sorry«, sagte ich, während ich mich an der Reling hochzog, »das passt zu mir: Die einzige

Tüte im gesamten Ozean und ich kriege sie in die Fresse.«

»Nicht ganz, Chris.« Herr Detering zückte eine Taschenlampe und leuchtete aufs Meer.

Was ich zuerst für Schaumkronen gehalten hatte, entpuppte sich als ein breiter Teppich aus unterschiedlich großen Plastikresten.

»In den Weltmeeren zirkulieren gewaltige Strudel mit Millionen Tonnen Müll. Der Sturm treibt den Plastikabfall zusammen, bis quadratkilometergroße Teppiche entstehen.« Herr Detering löschte das Licht. »Alle Dinge hinterlassen Spuren. Feuer hinterlässt Asche, Wasser Schlamm, Sturm Trümmer und Erde Gräber. Jeder von uns muss sich fragen, welche Spuren er hinterlässt.«

Der kann das Lehrersein echt nicht lassen, dachte ich, während er die Kapuze abnahm. Regen lief ihm übers Gesicht, als er mich ernst anschaute. »Was wird bleiben, wenn Sie gegangen sind, [redacted]

Max

Die Schiffsglocke hatte völlig den Verstand verloren und das verrückte Huhn hackte mir in den Fuß.

»Lass das, Störtebeker!«, zischte ich noch ganz

Etwas überdramatisierte Darstellung würde ich sagen. Judith ♡

Brett vorm Kopf würde wohl eher passen! Lukas

Was ist denn hier passiert? Hanna

Ach, nur unwichtiges Zeug. Chris

verschlafen. Die alte Henne gehörte dem Ollen und wohnte quasi hier im Frachtraum. Ich schleppte mich nach oben.

Die Sonne ging gerade auf. Der Sturm hatte sich beruhigt. Zu meinem Erstaunen waren alle wach und standen teilweise in Schlafanzügen vorn am Bug. Sie umringten Eiken, der mit einem der Ruderriemen im Wasser stocherte. Frau Jensen saß auf dem Boden und vergrub ihr Gesicht in den Händen, während Frau Langer ihr über den Kopf strich.

Der Schmeis zerrte Lukas, Judith und Chris an den Jackenkragen aus dem Pulk hervor und brüllte: »Ihr seid füreinander verantwortlich, verwöhntes Pack! Wache bedeutet Wache und nicht mit dem Daumen im Mund nach Mami rufen!« Eine Spuckedusche prasselte ihnen entgegen.

»Aus der Scheiße kommt ihr nicht mehr raus! Ihr hättet verflucht noch mal aufpassen müssen.«

In diesem Moment fischte Eiken eine gelbe Öljacke aus den Fluten. Ich schaute an mir herunter und sah nur mein Band-Shirt. Mir ging ein Licht auf.

Die glaubten, ich sei über Bord gegangen!

Offenbar hatte ich mit müdem Kopf meine Jacke an Deck vergessen.

»Hey, Leute!«, rief ich fröhlich und streckte meine Arme aus (die Mädchen würden mich sicher umarmen wollen). »Weint nicht um mich, der gute Max lebt! Und danke, Eiken, dass du meiner Jacke das Leben gerettet hast!«

Ich grinste von einem Ohr zum anderen. Mali eilte mir entgegen – besser als nichts – und gab mir eine schallende Backpfeife.

»Aua!«, schrie ich überrascht.

»Herr Detering ist verschwunden, du Volltrottel«, zischte sie.

»Oh!«

Mali

Wir hielten den gesamten Vormittag Ausschau, aber wir fanden nichts. Den Lehrern merkte man richtig an, wie fertig sie waren. Frau Langer sagte kaum noch etwas und Frau Jensen wischte sich immer wieder verstohlen die Tränen aus den Augen.

Herr Suthoff erklärte, der Kapitän habe Kalkutta und Port Blair auf den Andamanen informiert, aber wegen des Sturms letzte Nacht seien alle Rettungshubschrauber im Einsatz, und es könne mehrere Tage dauern, bis ein Schiff eintreffen würde. Wie sollte es jetzt weitergehen?

Louisa, Paul, Arnie und die Zwillinge wollten zurück nach Hause. Wir anderen hatten uns noch nicht geäußert, als Frau Jensen nach unten kam. Sie sah immer noch verheult aus.

»Hört mir bitte einen Augenblick zu!« Sie blieb am Fuß der Treppe stehen und schluckte.

Wir saßen alle an Steuerbord auf den Kojen der Jungs.

»Ich weiß, wie euch zumute ist. Ihr seid sicher

verunsichert und traurig. Ihr habt Herrn Detering noch nicht lange gekannt, aber ich kann euch versichern, dass er wusste, worauf er sich einließ. Er fuhr schon ein paar Jahre zur See.« Sie machte eine Pause und atmete hörbar aus.

»Judith, Max, Lukas und Chris – es mag ein schwacher Trost sein, aber ich möchte euch hiermit in aller Klarheit von jeder Schuld freisprechen. Darüber sind sich alle Lehrer«, sie stockte, »und auch die Mannschaft einig.«

»Was passiert jetzt?«, fragte Chris stellvertretend für uns alle.

»Frau Langer hat soeben per Satellitentelefon eure Eltern kontaktiert. Wir werden umkehren.«

Ein Raunen ging durch die Gruppe.

»Es sind sich alle einig, dass es sich um einen bedauerlichen Unfall handelt, der sich natürlich nicht wiederholen darf. Deshalb werden wir alle bis auf Weiteres Schwimmwesten tragen. Allerdings werden wir noch so lange in diesen Gewässern bleiben, bis ein Rettungsschiff mit Luftunterstützung eintrifft, um nach Möglichkeit Herrn Detering zu bergen. Bis dahin läuft der Unterricht weiter wie gehabt.«

Wie betäubt machten wir uns an die Arbeit, holten die Segel ein und hissten nur für kleinere Positionskorrekturen das Focksegel und die Klüver. Das Meer war ruhig, der Wind schwach. Da keine letzte Gewissheit darüber herrschte, ob Herr

Detering nicht vielleicht doch noch am Leben war, wurde auch keine Trauerfeier abgehalten.

Stattdessen schienen uns Lehrer wie Mannschaft auf Teufel komm raus mit Arbeit ablenken zu wollen. Den ganzen Nachmittag putzten wir Planken, brüteten über Büchern, simulierten Manöver und schälten Kartoffeln. Sogar die Bordwand sollten wir nach dem Sturm auf Risse und Lecks hin absuchen. Hier und da war auch ein neuer Schutzanstrich fällig. Aus Sicherheitsgründen wurde sogar das Beiboot zu Wasser gelassen, in dem Herr Suthoff, »unterstützt« von Arnie, Anweisungen und Anfeuerungen vom Stapel ließ.

»Alles klar da unten?«, fragte ich Chris am späten Nachmittag, der einen Meter unterhalb der Reling in einem Geschirr baumelte und lustlos den Schiffsnamen von Salz und Algen reinigte.

»Klar, der Schiffseigner geht drauf, und wir haben nichts Besseres zu tun, als seine modrige Holzschüssel zu polieren. Fehlt nur noch der Hai am Hintern.« Er versuchte sich an einem halbherzigen Lächeln.

Ein splitterndes Geräusch, gefolgt von einem »Oh, Kacke!«, ließ mich aufhorchen.

»Was ist passiert?«

Chris schaute mich mit aufgerissenen Augen an und legte den Finger auf die Lippen. Ich entdeckte Herrn Suthoffs Boot hinten am Schiff, wo er Arnie

Wenn du mit Radiergummi zeichnen würdest hätten wir alle mehr davon ...
chris

mit großen Gesten irgendeinen seiner früheren Triumphe beim Bärenringen oder so schilderte. Max hing fünf Meter neben Chris, war aber schon vor einer halben Stunde sabbernd eingeschlafen. Offenbar hatte niemand außer mir etwas gehört.

»Was ist denn los?«, fragte ich noch einmal leiser.

»Findest du, *Mrie* ist immer noch ein schöner Schiffsname?«

»Das ist jetzt nicht dein Ernst, oder?«

»Tja, das ›a‹ geht gerade auf Tauchtour.«

Das klang gar nicht gut. »Scheiße, Namensänderungen bei Schiffen bedeuten in der Seefahrt richtig Pech?«

»Noch mehr Pech geht ja kaum noch«, versuchte Chris sein Missgeschick herunterzuspielen. »Warte mal«, sagte er überrascht, »da geht noch eine Farbschicht ab und darunter schimmert ein weiteres ›a‹. Ich versuch's mal freizukratzen.«

»Boah, du bist echt ein Glückspilz, Kazan«, atmete ich auf. »Mach aber nicht noch mehr kaputt.«

»Ist gar nicht so einfach«, sagte er angestrengt, »hier pellen sich mehrere Farbschichten ab. Kannst du mir mal Holzleim besorgen?«

»Klar, aber versuche, das Schiff bis dahin nicht zu versenken.«

Ich fand im Werkzeugkoffer auf der Brücke eine Tube und eilte zurück.

Chris empfing mich mit einem: »Apropos Namensänderung, wusstest du, dass unser Schiff mal echt vornehm hieß?«

»Hä?«, fragte ich stirnrunzelnd.

»*Mary Celeste,* hübsch, was?«

Ich kannte den Namen irgendwoher.

Aus Mary Celeste wurde also Marie ?! Judith

Sieht wohl so aus, Schlaumeier! Louisa

Hört sich lecker an :) Leo

Hanna

Die erste Nacht nach Deterings Verschwinden war ruhig. Gelegentlich schoben sich Regenwolken vor den Mond, die Temperaturen waren auf ein erträgliches Maß abgekühlt.

Neben mir hielten Mia und Leo Wache. Valle zählte ich nicht mit. Der saß im Funkhaus und war die meiste Zeit mit Selbstgesprächen und seinem Lesebuch beschäftigt. Ich fragte mich, ob mit ihm alles stimmte. Ich meine, so rein medizinisch.

Der Olle hatte es sich auf der Brücke gemütlich gemacht und war der unangenehm riechende Hauptgrund, warum wir mit Herrn Suthoff und Frau Langer an der frischen Luft blieben. Mia saß im Krähennest und summte ein hübsches Lied, solange man sie im Glauben ließ, man höre nicht zu. Sie hielt die Augen geschlossen. Dort oben wirkte sie wie ein Vögelchen mit gebrochenem Flügel, das man unbedingt gesund pflegen wollte.

Da keine Manöver anstanden, hatte ich viel Zeit zum Nachdenken. Das Verschwinden Herrn Deterings ließ mir keine Ruhe.

Ich fand es auch ein wenig merkwürdig unter welchen Umständen Herr Detering verschwunden ist. Mali

Weder Chris noch die anderen hatten ihn über Bord gehen sehen oder Hilferufe gehört. Klar, die Nacht war stürmisch, aber wir hatten Manntaue gespannt, und laut Frau Jensen war er ein fähiger Segler. Ich zermarterte mir das Hirn.

»Psst, Hanna!« Leos Versuch, mich nicht zu erschrecken, ging voll in die Hose.

»Sag mal, spinnst du? Ich wäre fast auch noch über Bord gegangen.«

»'tschuldige, aber ich wollte dir etwas zeigen.« Er deutete Richtung Brücke, wo der Olle gerade ins Freie trat und sich auffällig oft umschaute. Wir drückten uns in den Schatten des Aufbaus.

»Seit ein paar Tagen gehe ich dem Dicken in der Kombüse zur Hand.«

Ich runzelte die Stirn und tätschelte Leo den Bauch. »Och Mann, Hanna«, empörte er sich. »Jedenfalls habe ich ihn die ganze Zeit nicht einmal seinen eigenen Fraß essen sehen.«

etwa so? Chris

»Kein Wunder, wahrscheinlich hortet er die Delikatessen unterm Kopfkissen.«

»Kann sein«, Leo zuckte mit den Schultern, »aber er teilt sich mit dem Schmeis und Eiken eine winzige Kajüte. Ich glaube nicht, dass er irgendetwas vor den beiden verheimlichen könnte.«

Exakt. Wäre doch eine hübsche Theorie? Leo

Wir beobachteten, wie der Olle nach hinten schlich.

»Was willst du mir damit sagen?«

»Du bist doch sonst so 'ne Leuchte, Hanna«,

sagte Leo verschwörerisch. »Herr Detering verschwindet, der fette Koch bleibt fett, obwohl er eigentlich nichts isst, und schleicht nachts auf dem Schiff herum.«

Sah das Filmplakat in etwa so aus? Chris

Eher unwahrscheinlich eure Theorien. VALLE

Mir wurde schon bei dem Gedanken schlecht. »Ach komm, du hast echt die falschen Filme geschaut, seit du aus China hierhergezogen bist. Oder du hast zu viel mit Judith rumgehangen. Ich glaube, ihren Eltern hätte mal einer sagen sollen, dass der *Ab*-18-Aufkleber auf Horrorfilmen nicht *Ab 18 Monaten* bedeutet.«

Der Olle kam zurück und wischte sich mit dem Ärmel den Mund sauber. Wir zuckten zurück in den Schatten.

»Du hast mich überzeugt, der verhält sich komisch. Leo, du holst Mia von der Mars und ich Valle. Wir treffen uns im Schlafraum und schließen uns bis zum nächsten Wachwechsel ein. Herr Suthoff und Frau Langer können allein auf sich aufpassen. Außerdem ist der Seegang heute ruhig.«

Leo nickte und machte sich leise in die Wanten auf. Ich schlich um den Aufbau in die Funkbude.

Valle

Ich mochte es hier. Ein gutes Versteck für ihn und für mich. Trocken, windgeschützt und ungestört. Die anderen achteten auf ihrem Weg von unten nach oben nicht auf das, was dazwischen lag.

Das Satellitentelefon auf der Brücke hatte das

alte Funkgerät schon lange ersetzt. Dennoch erfüllte sein Knistern und Rauschen die elektrisch kribbelnde Luft und übertönte Herrn Schmitz' kleine Geräusche.

Plötzlich schwang die Tür auf. Ich riss meine Beine vom Tisch und kippte vom Stuhl. Schnell schlug ich mein Buch zu.

»Valle, komm schnell, wir gehen unter Deck.«

Ich mochte das Mädchen mit den wilden, blonden Haaren. Sie war klug und schaute mich nicht wie den Außerirdischen an, der ich war.

Chris

Als der nächste Morgen dämmerte, stand Frau Jensen am Fuß der Treppe, und wir blickten stumm in ihr bleiches Gesicht.

»Aber eine spontane Riesenwelle oder etwas in der Art ist doch völliger Unsinn. Oder, Mali?«, fragte Hanna.

»Unmöglich ist es nicht, aber das hätten wir auch hier unten mitbekommen«, murmelte Mali nachdenklich

Ich bemerkte, wie Hanna und Leo wortlos Blicke tauschten, bis Hanna den Kopf schüttelte.

»Aber warum Herr Suthoff?«, polterte Arnie mit der Sprache heraus und lief wie ein angeketteter Hund auf und ab.

»Genau, und Frau Langer ist dir völlig schnuppe, oder was?«, fuhr Judith ihn an.

»Wir wollen jedenfalls sofort nach Hause«, sagten Freya und Finja aufgelöst im Gleichklang. Sie wischten sich die Tränen aus den Augen. Ihre Schminke war völlig zerlaufen.

Louisa und Paul waren blass wie wandelnde Leichen und praktisch nicht ansprechbar. Max hielt Mia im Arm. Valle kaute an den Fingernägeln und Lukas blickte durch ein Bullauge aufs Meer.

Ich stand auf und ging auf Frau Jensen zu. »Sie wissen genauso gut wie wir, dass nicht einfach drei erfahrene Segler über Bord gehen oder ins Nichts verschwinden. Vor allem nicht, wenn eine Nacht so ruhig ist, wie es die letzte war.«

Frau Jensen nickte und nestelte gedankenverloren an einer losen Haarsträhne.

»Alle hier wollen mit ihren Eltern sprechen und nach Hause. Wir machen Ihnen keine Vorwürfe, aber sorgen Sie dafür, dass uns ein Schiff abholt oder ein Hubschrauber. Tun Sie etwas.«

»Sie haben ja recht, Chris.« Sie sammelte sich. »Ich spreche mit dem Kapitän. Sie bleiben am besten alle hier unten. Einverstanden?«

»Sollen Arnie und ich nicht mitkommen? Nur für den Fall.«

»Nein, die Männer mögen Ihnen allen vielleicht etwas raubeinig erscheinen, aber ich lege meine Hand für sie ins Feuer.« Sie lächelte aufmunternd, dann stieg sie die Treppe hinauf und schloss die Luke.

Ich meine, jetzt sollte uns allen wohl klar sein, dass hier so einiges nicht stimmt?! Chris

Ist mir egal, ich will einfach nur noch nach Hause! Louisa

Ich auch. Leo

ICH HABE AUF DEN SCHEIß HIER ECHT KEINEN BOCK MEHR!! HIER STINKT ES GEWALTIG UND DAS KOMMT DIESMAL NICHT AUS DER TOILETTE. MAX

Arnie

Die erste halbe Stunde verging im Schneckentempo und mir fiel die viel zu niedrige Decke auf den Kopf.

»Das ist doch Bullshit, Leute! Man kann sich nicht einfach mitten auf dem Meer verpissen.«

»Wahrscheinlich hatten die Lehrer einfach keinen Bock mehr auf Schleimer wie dich«, ätzte Mali und funkelte mich herausfordernd an.

Ich hatte gute Lust, sie kopfüber ins Klo zu stopfen. Aber sie hatte ein Messer, mit dem sogar schon einmal der Schmeis Bekanntschaft gemacht hatte.

»Vielleicht sind sie ja nicht freiwillig verschwunden«, warf Chris ein.

Louisa kräuselte ihre Nase. »Eine Entführung?«

»Geil!«, brach es aus Max heraus. »Vielleicht Außerirdische.« Er schaute erwartungsvoll in die Runde, als hätte er den Witz des Jahrhunderts gemacht.

Wir sahen den Honk schweigend an. Mia gab ihm einen Klaps gegen den Hinterkopf.

»Hier ist doch weit und breit nichts«, sagte ich schließlich. »Diese Inseln …«

»Die Andamanen«, ergänzte Zottel-Hanna.

»Wie auch immer! Die sind Trillionen Kilometer entfernt …«

»43 Seemeilen.«

»Halt's Maul, Mali, und lass mich ausreden.« Sie sah mich grimmig an, aber ich war zu sauer, um Angst vor ihr zu haben. »Ich bin mir sicher, die verdammten Seeleute haben die Lehrer von Bord geworfen!«

Judith

Max ließ nicht locker: »Was ist, wenn sie mit einem Hubschrauber entführt wurden?«

»Nicht so blöd wie Außerirdische, aber einen Hubschrauber hätten wir wohl gehört«, gab Hanna zu bedenken. »Außerdem: Warum sollte jemand überhaupt die Lehrer entführen und nicht ein paar von uns steinreichen Gören? Das macht überhaupt keinen Sinn.«

»Sinn macht das hier alles nicht«, warf ich total hilfreich in die Runde und läutete damit eine weitere halbe Stunde Schweigen ein.

Paul

Die anderen stöhnten.

»Was denn? *Neuromyelitis optica* ist eine Erkrankung des zentralen Nervensystems, die Sehstörungen und Lähmungserscheinungen hervorruft. In diesem Fall wäre klar, warum sie über Bord gegangen sind und sich nicht über Wasser halten konnten.«

»Alle drei nicht miteinander verwandten Lehrer hatten dieselbe nicht ansteckende Krankheit? Das ist deine Erklärung?« Hanna verdrehte die Augen.

»Wollte ja nur helfen.«

THEORIE 1 BLEIBT MEIN FAVORIT.
MAX

Dir ist der Ernst der Lage wohl nicht so richtig bewusst oder ?!
Judith ♡

Den Hubschrauber können wir aber auch vergessen …
Chris

Satellitentelefon
System: Inmarsat-3
Vorwahl = +870
Geostationär
64.5° Ost
Satellit = Atlas IIA
Nur zur Info.
VALLE

Leo

Mein Magen knurrte. Die Luft war stickig und verbraucht. Wir hockten seit über einer Stunde in diesem Loch und warteten auf Frau Jensens Rückkehr. Niemand sprach es aus, aber alle befürchteten, dass sie gar nicht mehr zurückkommen würde.

Schließlich platzte Arnie der Kragen und er stampfte die Treppe hinauf.

»Ich hab die Schnauze voll. Ich rufe jetzt meine Eltern an.«

Mali und sogar Chris stimmten unserem Muskelprotz ausnahmsweise zu und folgten ihm. Die eine mit ihrem Messer in der Hand, der andere mit der nächstbesten Waffe, die hier unten zu finden war: der Klobürste.

Doch egal, wie sehr Arnie sich gegen die Luke stemmte, sie wollte einfach nicht aufgehen. Er hörte erst auf, gegen die verschlossene Luke anzurennen, als seine Schulter blau anschwoll.

Chris

Louisa kümmerte sich um ihn, indem sie Laken zerriss und die Fetzen mit Wasser tränkte.

»Der Dieselgenerator im Frachtraum wird nicht ewig laufen. Wenn die Pumpe still steht, haben wir kein Wasser mehr«, sagte Mali plötzlich.

Freya fing an zu weinen, und Finja rief so lange nach Frau Jensen, bis sie heiser wurde. Aber niemand kam. Warum waren wir eingesperrt?

Mali versuchte, mit ihrem Messer die Wände zum Vorschiff und zum Mannschaftsquartier aufzustemmen, aber die waren überraschend massiv. Anderes Werkzeug fanden wir nicht, egal, wie lange wir suchten.

Was war oben passiert? Keine Schritte, keine Stimmen waren zu hören. Paul zitterte, immer wieder riefen wir um Hilfe. Doch wer sollte uns hören? Meine Kehle fühlte sich rau an.

Wir zweifelten daran, dass der Kapitän nach Herrn Deterings Verschwinden wirklich die Rettungskräfte alarmiert hatte. Vielleicht wussten unsere Eltern Bescheid, wenn Frau Langer sie wirklich erreicht hatte. Doch was, wenn uns das Wasser ausging, bevor sie uns finden konnten?

Mit einem Mal stand Lukas auf.

»Borgst du mir mal dein Messer, Mali?«

»Hat doch keinen Zweck«, sagte sie matt, streckte ihm aber trotzdem den Griff entgegen.

Er wickelte sich eine Decke um seine Hand, und ehe ich ihn fragen konnte, was er vorhatte, prügelte er urplötzlich wie ein Irrer mit dem Messerknauf auf das Bullauge über seiner Koje ein.

Mali und ich sprangen auf.

»Bist du bekloppt, das ist Sicherheitsglas!«, schrie Mali. »Du tust dir nur weh.«

Doch zu unserer Überraschung zersprang das Bullauge in tausend Scherben. Die Decke färbte sich rot. Ich riss Lukas zurück.

Wer hätte gedacht, dass in Lukas ein kleiner HULK schlummert

Mali reinigte den Fensterrand mit der Klinge von Glasresten. Mit dem Messer zwischen den Zähnen zwängte sie sich hindurch.

Unsere Sicherungsseile von der Putzaktion hingen noch immer außen an der Bordwand. Sie kletterte hinauf und ich folgte ihr.

»Seid vorsichtig«, flüsterte Hanna.

Ich nickte.

In Wirklichkeit hatte ich eine Heidenangst. Wir kletterten über die Reling. Keine Laterne brannte, es nieselte. Niemand war zu sehen.

Wir schlichen zur Luke im Funkhaus, sie war mit einer Eisenstange verriegelt.

Plötzlich hörten wir ein Kratzen, Fauchen und Wimmern, das nicht aus dem Schlafraum kam. Als lauere etwas unter den Planken.

»*Mary Celeste*«, flüsterte Mali, als erkläre das alles.

»Ist dir eingefallen, woher du den Namen kennst?«

»Ja«, antwortete sie mit zitternder Stimme, »das hier ist ein verdammtes Geisterschiff.«

– 4 –

BIS ZU DEN KNIEN IM DRECK

30. Juni

10 Seemeilen nördlich der Andamanen,
N 13° 38', O 98° 0'

32 °C, Dauerregen

SW3, leicht bewegte See

Max

Nachdem Mali und Chris uns aus der Sauna befreit hatten, durchsuchten wir mit wachsender Verzweiflung bis zum Morgen das ganze Schiff. Aber von Frau Jensen und der Besatzung fehlte jede Spur. Sogar ich hatte keine Lust auf blöde Bemerkungen, denn langsam dämmerte uns, dass wir mutterseelenallein waren. Auf einem Schiff. Auf dem Meer. Mitten im Nirgendwo.

In der Kammer des Kapitäns entdeckten wir nur ein paar leere Schnapsflaschen und selbst Herr Deterings Kabine war bis auf ein verstaubtes Bücherregal leer geräumt. Unsere Smartphones (und die der Lehrer) fanden wir ebenso wenig wie das Satellitentelefon, das GPS-Gerät und sämtliche anderen Brückenapparaturen. Wir stellten alles auf den Kopf, weil wir wussten: Ohne Orientierung waren wir verloren. Lediglich der Mittelalterfernseher und das Steinzeitfunkgerät, das noch nicht einmal Mali bedienen konnte, waren uns geblieben. Und natürlich Störtebeker, das verrückte Huhn. Ich hätte heulen können. Und wenn ich ehrlich bin, habe ich das auch getan. Zufrieden, Scheißschicksal?

Mit unserem Funkgerät kann man bis ins 17. Jahrhundert telefonieren! Chris

Mali

Der Regen trommelte auf das Dach der Brücke. Die anderen schauten mich schweigend an. Ich konnte mich nicht mehr an die ganze Geschichte erinnern. Mein Vater hatte mir vor ein paar Jahren einmal von der *Mary Celeste* erzählt. Die Brigantine soll irgendwann Ende des 19. Jahrhunderts führerlos im Atlantik aufgefunden worden sein. Keine Anzeichen von Beschädigung, aber von der Besatzung fehlte jede Spur. Es sah aus, als sei die Mannschaft Hals über Kopf von Bord gegangen – warum auch immer. Das Rätsel um ihren Verbleib wurde nie gelöst.

Ich konnte kaum glauben, dass wir uns auf einem der berühmtesten Geisterschiffe der Welt befinden sollten. Vor allem, weil die *Mary Celeste* unter neuem Kommando vor über einhundert Jahren gesunken war.

HEIßT DAS JETZT, DASS UNSER SCHIFF EVTL. MIT DEM FLIEGENDEN HOLLÄNDER VERWANDT IST?!

Ja, dem hier

Chris

Sehr witzig ... Mali

Chris

»Meinst du, die Drecksäcke haben das von langer

Hand geplant?« Leos Frage riss mich aus meinen Gedanken.

»Tut mir leid, was hast du gesagt?«

Er nahm den Kopf aus den Vorratskisten in der Kombüse. »Geplant! Glaubst du, die Crew wollte einfach an unser Zeug?«

»Ich weiß nicht«, antwortete ich abwesend und stand vom Kartoffelsack auf, den Leo sogleich inspizierte. »Die Lehrer haben jedenfalls keinen Verdacht geschöpft.«

»Es ist doch niemals die paar Handys wert, vier Menschen abzumurksen – oder was auch immer – und uns hier draußen krepieren zu lassen!« Leo wischte angewidert eine Schicht aus Staub und Fett von Spülbecken und Herd.

»Du weißt ja nicht, was die anderen Lehrer und vor allem Herr Detering dabeihatten. Immerhin gehörte ihm das Schiff. Wahrscheinlich hatte er einiges an Geld in seiner Kammer.«

»Vergiss die Sache mit dem Geisterschiff nicht«, sagte plötzlich eine ernste Stimme.

Leo und ich ruckten herum und sahen Hanna in der Kombüsentür stehen.

»Ach komm, ausgerechnet du und Seemannsgarn?«, winkte Leo ab und versuchte, eine saubere Pfanne zu finden.

»*Ich* glaube vielleicht nicht an Geister«, sagte sie, »aber Seeleute ticken da anders.«

»Du denkst also, die haben Schiss gekriegt und

Ich kann mir auch nicht vorstellen, dass nur wegen dem bisschen Geld mehrere Leute sterben müssen!
Judith ♥

Also dem Schmeis würde ich das zutrauen...
Mali

GANZ GENAU, BABY!
MAX

sind mit allem, was sie zusammenraffen konnten, abgehauen?«, fragte ich ungläubig.

»Sieh es mal so«, sagte Sherlock Hanna, »Herr Detering geht bei einem Sturm über Bord. Schlimm, aber so etwas passiert. Dann entdeckst du den wahren Namen des Schiffs, der den Matrosen ganz sicher ein Begriff ist. Vielleicht haben sie dich und Mali belauscht oder selbst nachgeschaut, nachdem du nicht gerade unauffällig mit einem Liter Holzleim hantiert hast. In der nächsten Nacht verhält sich der Olle dann seltsam. Auch wenn er wohl kein Kannibale war ...«

Ich runzelte die Stirn. *Kannibale?*

Leo lief rot an, während er versuchte, den Gasherd in Gang zu bekommen.

Was auch immer.

Hanna fuhr fort: »Vielleicht wollten der Kapitän und die Mannschaft sofort den nächsten Hafen ansteuern. Aus Aberglauben. Aber die Lehrer wollten auf die Suchmannschaft warten. Es kam zum Streit.«

»Und wie sind sie hier weggekommen?«, fragte ich gespannt. »Das Beiboot ist immer noch da.«

»Ich habe absolut keine Ahnung«, sagte Hanna schulterzuckend. »Max und ein paar von den anderen schwören auf Piraten mit einem leisen Motorsegler oder so.«

»Meint ihr, die wollen das Schiff langsam ausbluten lassen, bis wir eine leichte Beute sind?«, fragte Leo, ohne sich umzudrehen. »Das hieße, dass sie jederzeit zurückkommen könnten.«

»Mit solchen Leuten könnte die Mannschaft sogar unter einer Decke stecken«, beunruhigte ich mich selbst.

Hanna wirkte abwesend. Ich wedelte ihr vor den Augen herum. Sie blinzelte und schlug meine Hand zur Seite.

»Lass das«, maulte sie und ging ein paar Schritte auf und ab. Dann murmelte sie, als wäre es ihr peinlich: »Mali spricht es nicht laut aus, aber die Geschichte mit dem Geisterschiff macht ihr zu schaffen.«

»Ach, komm«, flachste ich, »du Streberin glaubst doch nicht auch an Spukgeschichten, oder?«

Sie wich meinem Blick aus. »Nein, natürlich nicht.«

Plötzlich hörte ich in jedem noch so leisen Knirschen des Holzes und Jaulen des Windes das Wehklagen all der armen Seelen, die das Schiff schon auf dem Gewissen hatte.

»Und jetzt?«, fragte ich.

»Jetzt«, sagte Leo und drehte den Gashahn auf, bis die blauen Flammen loderten, »gibt es etwas Vernünftiges zu essen.«

Lukas

Mit vollem Bauch ließ sich die Situation besser ertragen. Meine Hand tat kaum noch weh.

Leos Nudelpfanne war die erste genießbare Mahlzeit seit knapp zwei Wochen. Am Tisch des hinteren Kajüthauses redete niemand. Arnie leerte grimmig einen Teller nach dem anderen, und sogar Louisa aß ein paar Bissen, ohne sich gleich zu übergeben. Paul hatte es aufgegeben, misstrauisch jedes zu schwarz angebratene Möhrenstück herauszupicken, und saß stattdessen vor dem Fernseher. Eigentlich wollten wir Strom sparen, aber die anderen hofften, etwas Brauchbares aufzuschnappen.*

*Also so was wie:
>> EILMELDUNG: SUCHE NACH VERMISSTEN JUGENDLICHEN MIT TAUSEND SCHIFFEN. LEHRER WOHLAUF. SEEMÄNNER AN KAVIAR ERSTICKT. << Chris

Wir bekamen die BBC allerdings nur mit viel Schnee und ohne Ton herein.

Die Zwillinge teilten sich eine Portion und unterhielten sich mit Blicken und Kopfschütteln. Mia lehnte an Max' Schulter und aß nichts. Sie hatte ganz verheulte Augen.

Zwischen zwei Bissen spähte ich über Judiths Feuerkopf nach hinten, wo Mali, Hanna und Chris seit einer Stunde im Regen standen und diskutierten. Im Grunde gab es nur zwei Möglichkeiten: zu bleiben und auf die Rettungskräfte zu warten, die aber vielleicht niemand gerufen hatte, oder auf eigene Faust zu versuchen, einen Hafen auf den Andamanen anzulaufen. Die Chancen standen gut, dass wir Landratten uns dabei selbst versenkten.

Zehn Minuten später stieß die pitschnasse Mali die Tür auf, Chris und Hanna folgten.

»Wir haben uns entschieden«, sagte Mali entschlossen, »wir ...«

»… müssen nach Dhaka«, rief Valle plötzlich, der ganz außer Atem hinter ihnen auftauchte.

Chris

In der Funkbude war nicht genügend Platz, aber trotzdem zwängten wir uns alle hinein. Valle hatte tatsächlich etwas gesagt. Verrückt …

Hanna erklärte gerade, dass Dhaka die Hauptstadt Bangladeschs sei, aber es ergab für mich trotzdem überhaupt keinen Sinn.

Das Funkgerät knisterte und piepste wie verrückt. Hin und wieder waren Wortfetzen zu hören. Es klang wie eine verwandte Sprache, bei der man immer glaubte, kurz davor zu sein, alles zu verstehen, ohne dass dieser Moment je kam.

Valle setzte sich und drehte an irgendwelchen Knöpfen. »Der Sender ist kaputt«, sagte er aufgeregt, »aber der Empfänger funktioniert.«

»Und das bedeutet?«, fragte Louisa genervt.

»Wir können zwar nichts rausschicken, aber Nachrichten erreichen uns … wenn die Frequenz stimmt.«

»Nützt also gar nichts«, stöhnte Arnie und verschwand nach draußen.

»Und du hast etwas empfangen?«, fragte Hanna.

»Ja, zuerst hielt ich es nur für Störgeräusche, aber dann habe ich mich näher mit der Funktionsweise des Funkgeräts beschäftigt und konnte ein paar Interferenzen herausfiltern.«

Dhaka: Hauptstadt von Bangladesch
- 6,7 Mio. Einwohner
- liegt am Seitenarm vom Flusslauf Meghna
(den müssten wir auch noch fahren um in Dhaka vor Anker zu gehen)
Hanna

Judith zog verblüfft die Augenbrauen hoch, und Mali ergänzte hoffnungsvoll: »Du kannst es also reparieren?«

Wie selbstverständlich klopfte Valle auf das Katzenbuch, das auf seinem Schoß lag. »Ich denke schon, steht alles hier drin.«

Ich konnte die Hoffnung förmlich zerplatzen hören. Murrend verließen alle bis auf Lukas, Mali, Hanna und ich das Kajüthaus.

Valle klappte sein Buch auf, drehte es zu uns und wir starrten auf ... einen Laptop. Eingelassen in den ausgehöhlten Einband. Auf dem Bildschirm flimmerten komplizierte Schaltpläne und Tabellen.

»Du bist ja gar nicht bekloppt«, entfuhr es mir spontan.

Hanna sah mich vorwurfsvoll an.

»Sorry, ist mir so rausgerutscht. Aber ich meine, du ziehst dich an wie mein Opa, und du hast nie ein Wort gesprochen ... woher sollten wir wissen ...«, beendete ich die schlechteste Entschuldigung in der Menschheitsgeschichte mitten im Satz.

»Schon gut«, sagte Valle mit einem nachsichtigen Lächeln, »das bin ich gewöhnt.« Er wandte sich seinem Laptop zu. »Als ich das Funkgerät am Tag unserer Abreise entdeckt habe, habe ich mir die Pläne dieses Modells per WLAN auf den Rechner gezogen. Ist so eine Angewohnheit, weil ich mich ohne Technikkram schnell langweile. Zum

Glück hat der Schmeis mein kleines Versteck nicht entdeckt.«

»Genial«, bemerkte Hanna anerkennend.

»Und was ist jetzt mit Dhaka?« Mali wurde langsam ungeduldig.

»Ich habe mir das Rauschen genauer angehört. Was ich zuerst für Störungen gehalten habe, ist in Wahrheit eine wiederkehrende Signalschleife. Anders gesagt: Ich glaube, wir erhalten immer wieder ein und dieselbe Nachricht. Aber ich kriege die einfach nicht sauber rein. Warum musste er sich auch immer gegen die Schalter drücken …«

»Wer drückt sich gegen die Schalter?«, fragte Lukas neugierig.

Valle wurde plötzlich sehr nervös. »Ich … ich meinte … mich. Wenn ich müde werde, lege ich meine Stirn schon mal auf den Armaturen ab. Dann … äh … drückt mein Kopf gegen die Schalter. Ihr wisst schon.«

Mali schaute Hanna an und tippte sich mit dem Zeigefinger an die Stirn.

»Jedenfalls«, setzte Valle neu an, »die einzigen verständlichen Worte sind DHAKA – POLIZEI – LEHRER.«

»Ob die Bescheid wissen und uns suchen?«, hoffte Hanna.

Valle drehte lauter. Es dauerte ein paar Durchläufe, dann hörten wir es auch. Wir gingen ganz nah heran. Plötzlich rauschte es gewaltig und ich

Dhaka-Polizei-Lehrer !!?!
Was soll das denn bedeuten??
ARNIE

Auf jeden Fall hat es was mit uns zu tun. Oder vermisst sonst noch jemand im indischen Ozean seine Lehrer?!
Louisa

zuckte zurück. Es zerriss mir beinahe das Trommelfell.

»'tschuldigung«, rief Lukas, der aus Versehen an einen Regler gekommen war und nun wie wild daran herumfummelte.

»Pass auf«, rief Valle und griff nach Lukas' Händen, hielt dann aber mit einem Mal inne. Zu unserer Überraschung rauschte nichts mehr.

»Du bist echt ein tollpatschiger Glückspilz, Mann!« Ich klopfte Lukas auf die Schulter.

Wir hörten eine künstlich klingende Stimme klar, deutlich und schrecklich: SEGELT NACH DHAKA – SADARGHAT PIER 23 – DEADLINE 8. JULI – KEINE POLIZEI – BEI FREMDKONTAKT STIRBT EIN LEHRER – WEITERE INFORMATIONEN UNTER DEM STUHL.

Die Nachricht überrollte uns immer und immer wieder wie eine Welle aus Eis und Dunkelheit.

Valle

Wie schlafwandelnd griff ich unter den Stuhl und ertastete einen festgeklebten Briefumschlag. Chris, Lukas, Hanna und Mali starrten entsetzt auf die Luftaufnahmen der *Marie*. Sie zeigten uns bei den Restaurierungsarbeiten am Schiffsrumpf nach Herrn Deterings Verschwinden. Also verflucht aktuelle Bilder. Jemand beobachtete uns, vielleicht mit einer Drohne?

Das Leben der Lehrer lag ab sofort in unseren

Händen. Das hätte ich dem Schmeis und den anderen Matrosen nicht zugetraut. Aber wer weiß, vielleicht hatten sie Hilfe.

Chris und die Mädchen wollten schnell zu den anderen und ihnen erzählen, was los war. Lukas blieb noch, denn ich wies ihn auf Klopfzeichen zwischen den Funkübertragungen hin, die ich erst für Morsezeichen gehalten hatte, die aber keinen Sinn ergaben. Er notierte sich die kurzen und langen Töne als Punkte und Striche und wollte in Herrn Deterings Bibliothek nach einer Code-Übersicht suchen. Vielleicht hatten wir ja Glück ...

8. Juli
7 Seemeilen vor Dhaka, N 23° 37', O 90° 27'
34 °C, Starkregen
S3–4, mäßig bewegte See

Judith

Nach acht Tagen Dauerregen verschimmelten wir langsam. Ich war todmüde und sämtliche Muskeln im Körper taten mir weh. Selbst Arnie und Chris, unseren Sportskanonen, konnte man die wachsende Erschöpfung ansehen. Allein Mali ließ sich keine Schwäche anmerken, und keiner sagte Nein, als es darum ging, sie zum neuen Kapitän zu ernennen.* (Außerdem war sie zehn Tage älter als Arnie.)

Da wir beim Reffen, Hissen und Ausrichten der Segel immer noch die übelsten Anfängerfehler

*Anciennitätsprinzip: Befehlskette nach Alter, wenn alle denselben Rang bekleiden. Mali

machten, bewahrte sie uns mehrmals täglich vor dem Kentern oder Ersaufen.

»Ach, übrigens«, merkte Max ganz nebenbei an, während ich mit ihm und Mali mal wieder total fertig am Abendbrottisch saß, »im Frachtraum fehlen ein paar Kisten und Säcke.«

»Wie bitte?« Ich prustete einen Schwall Wasser über den Tisch.

»Kisten und Säcke«, wiederholte er. »Ich erinnere mich an jedes Bett, in dem ich geschlafen habe.« Er zwinkerte mir zu, ich rollte mit den Augen.

»Und wann, bitte schön, hattest du vor, uns das zu erzählen?«

»Voa fiemich enau fehn Sehunden«, nuschelte er, während er sich eine Kartoffel quer in den Mund stopfte.

Ich hätte ihm die Büroklammer aus der Nase reißen können und hatte noch nicht einmal Bock auf einen Seehundwitz.

Mali blieb hingegen ganz beherrscht: »Das könnte erklären, wie die Besatzung von Bord gekommen ist. Vermutlich waren Schlauchboote mit kleinen Außenbordmotoren oder etwas Ähnliches darin. Auf dem ruhigen Meer sollte es möglich gewesen sein, die Andamanen zu erreichen.«

»Und macht dich das nicht wütend?«, fragte ich verwirrt.

Sie schaute aus dem Fenster. »Was nützt es, wenn ich jetzt austicke? Das bringt uns nur alle in Gefahr. Das Meer ist geduldig, wenn es um seine Beute geht.«

Sie stand auf. Ihre Gabel steckte tief im Tisch und zitterte noch, als sie die Brücke schon längst verlassen hatte.

Mali

Um bis zum 8. Juli in Dhaka zu sein, mussten wir nicht nur uns, sondern auch die *Marie* ziemlich quälen. Wir hatten zwar das Glück, die meiste Zeit vor dem Wind zu segeln, aber mehr als zwölf oder dreizehn Knoten konnten wir aus dem alten Mädchen nicht herauskitzeln.

15 Knoten entspricht ca. 28 Km/h. 1 Knoten ≙ 1,8 Km/h Hanna

Fünfzehn wären bei guten Bedingungen vielleicht drin gewesen, aber je höher die Geschwindigkeit, desto fataler ein Fehler. Die anderen knieten sich richtig rein, aber am Ende der Etappe war ich froh, keinen verloren zu haben.

Ich teilte keine Schichten ein. Wer noch Kraft hatte und nicht im Laufen einschlief, half an Deck. So einfach. Paul und Louisa kümmerten sich rund um die Uhr um Prellungen und Schnitte, ausgerenkte Gelenke und Platzwunden. Der Regen war die Hölle.

EIGENTLICH KÜMMERTE SICH PAUL VOR ALLEM UM PAUL. MAX

Das Oberdeck stand meist handbreit unter Wasser. Also rutschten wir in der Gegend herum, während wir versuchten, die vollgesogenen Taue und

Segel in Stellung zu bringen. Zwischendurch bildeten wir Eimerketten, um das eingesickerte Wasser über Bord zu schöpfen. Valle versuchte erfolglos, den Funksender zu reparieren. Ohne die richtigen Ersatzteile musste er improvisieren. Und obwohl Leo sich alle Mühe gab, uns mit anständigen Mahlzeiten zu versorgen, wurde unser Tech-Nerd immer dünner.

Leider ergaben die Morsecodes selbst mit den Büchern aus Herrn Deterings Regal keinen Sinn. Offenbar waren es doch nur Störgeräusche.

Um nicht mit noch mehr Enttäuschungen die Stimmung weiter zu senken, verriet ich den anderen nicht, wie sehr ich mich mit der Navigation abmühte. Ohne GPS und die nötige Erfahrung war es schwer, den Weg zu finden. Ich hatte Angst davor, was uns in Dhaka erwarten würde. Doch zum Umkehren war es längst zu spät.

Chris

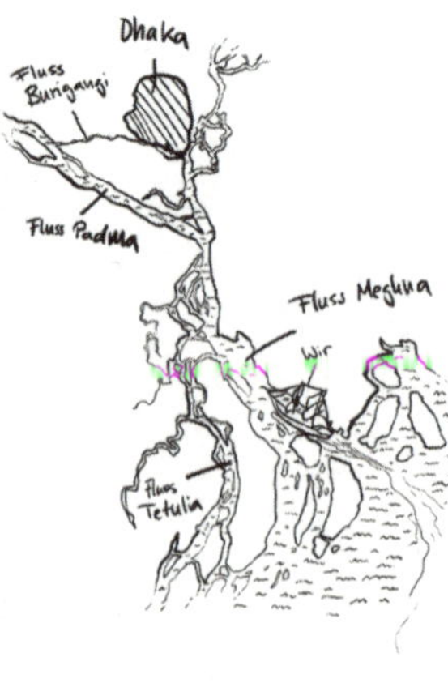

Wir hatten die Inseln im Mündungsgebiet des Flusses Meghna im Golf von Bengalen hinter uns gelassen und fuhren langsam seinen Lauf hinauf. Der Schiffsverkehr war dicht und völlig chaotisch. Kleine Fischerkähne und große Fangschiffe, Lastkähne und Touristenboote zwängten sich unfassbar dicht aneinander vorbei. Wieder andere Menschen zu sehen, erleichterte mich irgendwie.

Wegen des Monsunregens war der Fluss weit

über seine Ufer getreten. Blechhütten, Autos und totes Vieh trieben im Wasser. Wir konnten nicht allem ausweichen und so stieß immer wieder Treibgut wie ein dumpfer, unrhythmischer Trommelschlag gegen unseren Rumpf. Die Vororte Dhakas glichen zum Teil bewohnten Müllhalden. Es stank schlimmer als in Kalkutta.

Ich dachte an Herrn Detering und daran, wie sehr ihn die Verschmutzung der Umwelt angewidert hatte. Hielten ihn die Seeleute hier irgendwo zusammen mit den anderen Lehrern gefangen? Was wollten sie von uns? Unsere Wertsachen hatten sie schon, und wenn sie Lösegeld von unseren Eltern erpressen wollten, hätten sie das Schiff nicht verlassen müssen. Oder steckte doch jemand anders dahinter?

Der unerbittliche Regen durchlöcherte die Wasseroberfläche. Als sich der Meghna teilte, fuhren wir auf dem Buriganga weiter nach Norden. Dank Hanna und der Karten in Deterings Kajüte wussten wir zumindest, wo der Sadarghat, einer der Haupthäfen Dhakas, lag.

Kurz vor Dhaka begann es zu dämmern. Der verhangene Himmel machte die anbrechende Nacht noch dunkler. Regenwolken und Rauchschwaden begegneten sich auf halbem Weg über der Stadt. Pier 23 war überraschend einfach zu finden, denn er war inmitten überbelegter Anlegestege vollkommen vereinsamt.

»Riemen raus«, brüllte Mali von der Brücke, und wir schauten sie alle verdutzt an.

»Rudern mit Herrn Suthoff ist ausgefallen wegen Entführung!«, rief ich zurück und erntete einen bösen Blick von Arnie.

Mali strich das Rudern und entschied sich für das Beiboot. Wir nahmen den Wind aus den Segeln, ließen den Anker zu Wasser und kamen mitten im Hafenbecken zum Stehen. Da wir nicht das einzige Holzschiff waren, es spät war und hier anscheinend eh jeder machte, was er wollte, fielen wir nicht weiter auf.

Wir wussten nicht, was jetzt passieren würde, aber wir hatten einen Plan. Es hieß zwar, keine Polizei und so, aber da die Entführer nicht wissen konnten, dass Valle seinen Laptop an Bord geschmuggelt hatte, sollte er trotzdem versuchen, irgendwen Hilfreiches zu kontaktieren. Dazu musste er im besten Fall noch nicht einmal das Schiff verlassen – sondern nur einen vernünftigen WLAN-Hotspot finden. Lukas, Arnie und ich würden an Land gehen und versuchen, Zeit zu schinden.

Wir kletterten gerade das Fallreep zum Boot hinunter, als Judith übers Deck rief: »Da steht ein Koffer auf dem Pier.«

Tatsächlich konnten wir in der schummrigen Beleuchtung einen herrenlosen Aktenkoffer ausmachen. Kommentarlos sprang Arnie mit einem Köpper in Wasser und jagte wie ein Torpedo auf das Ufer zu.

Auf den Titel wäre wirklich nur ein Superschurke für seinen Unterschlupf stolz ... Judith

»Vor ein paar Jahren erst«, sagte Hanna beiläufig, während ich in der Bordwand hing, »wurde einer der Stadtteile Dhakas wegen der ungeklärten Abwässer zu einem der verseuchtesten Orte der Welt gekürt.«

»Na, dann hoffen wir mal, dass ihm im Gesicht kein zweiter Arsch wächst.«

Hanna

Chris und Max sammelten den Volltrottel mit dem Boot am Steg wieder ein. Paul zählte im Minutentakt tödliche Krankheiten auf, die Arnie sich bei seinem Bad ziemlich sicher zugezogen hatte. Louisa überredete Mali schließlich, ein paar Liter unseres Trinkwassers mit Jodtabletten zu versetzen, damit Herr von Arnstetten sich sauber machen konnte (zumindest waren Chris und Arnie jetzt quitt, was idiotische Hüpfeinlagen anging).

Wegen des Regens zogen wir uns ins Brückenhaus zurück. Der Metallkoffer war mit einem Zahlenschloss gesichert. Aber es klebte ein Brief daran.

»Vielleicht ist da Geld drin?«, bemerkte Leo.

»Oder ein Kopf?«, ergänzte Judith mit großen Augen. Freya und Finja zuckten zusammen. Max drehte bereits begeistert an den Rädchen.

»Finger weg!« Mali verpasste ihm einen Schlag auf den Hinterkopf.

Ich nahm den Brief an mich und las ihn still. Er enthielt eine detaillierte Karte samt Wegbeschreibung zu einem großen Gebäude, zwei Kilometer vom Hafen entfernt.

»Wir sollen den Koffer an diesen Ort bringen«, ich tippte auf die Karte, »und anschließend auf das Schiff zurückkehren. Keine Umwege, kein Kontakt mit anderen Leuten, ansonsten müssen die Lehrer dran glauben.«

»Das ist doch Bullshit«, entfuhr es Mali. »Wir haben gar keinen Beweis, dass Herr Detering oder die anderen überhaupt noch am Leben sind. Außerdem ist es total auffällig, wenn ein Dutzend halbwüchsige Deutsche hier nachts durch die Gassen schleichen.«

Ohne mich kommt ihr eh nicht so weit... ARNIE

»Nur wir Mädchen.«

»Was hast du gesagt, Hanna?«, fragte Louisa.

»Hier steht: nur die Mädchen. Die Jungs sollen an Bord bleiben.«

Ohne dich wären wir bereits fertig bevor es anfängt. Mali

»Hey, nichts für ungut«, Chris stand auf, »aber warum sollten wir uns darauf einlassen? Das ist Selbstmord.«

»Deswegen«, sagte ich tonlos und nahm fünf Fotos aus dem Umschlag. Sie wirkten wie aus einem fahrenden Auto aufgenommen und zeigten einen dreibeinigen Hund, ein kleines Mädchen, eine verschlissene Stoffpuppe auf einer Fensterbank, einen Jungen in unserem Alter ... und meine Oma beim Einkauf in ihrem Lieblingslädchen. Mir schossen die Tränen in die Augen. Auch weil ich sah, dass es den übrigen Mädchen nicht anders erging.

Die Zwillinge nahmen entsetzt das Bild des Hundes an sich. Judith hielt schweigend das Foto des kleinen Mädchens in den Händen, das dieselben roten Haare hatte wie sie. Louisa drückte das Foto des hübschen Jungen an ihr Herz und schloss die Augen. Mia und die alte Puppe schauten sich stumm an, als teilten sie eine traurige Geschichte.

Die Fotos waren eine Warnung: *Macht, was wir sagen, oder es passiert etwas Schreckliches.*

Mali stand als Erste auf, obwohl für sie kein Foto dabei war. Ich fragte mich, was die Erpresser wohl gegen sie in der Hand hatten.

»Ich lass euch nicht allein«, sagte sie wie zur Antwort. »Immerhin hieß es: nur Mädchen.«

Selbst die Jungs schienen aufzuatmen.

Wir spürten die beunruhigten Blicke der Jungs noch, als wir schon lange in verwinkelte Gassen abgebogen waren. Es war dunkel und der Regen peitschte mir ins Gesicht. Wegen der kniehoch überfluteten Straßen trugen wir unsere gelben Ölmäntel und Gummistiefel, was ich bald bereute. Selbst in den unbeleuchteten Gassen fielen wir auf, das Hochwasser schwappte über die Stiefelränder und erschwerte jeden Schritt.

Alle paar Meter wechselten wir uns mit dem Schleppen des Koffers ab. Mali und ich versuchten mithilfe der Karte, den Weg zu finden.

»Gar nicht so einfach«, seufzte sie, »durch all das Wasser sieht alles anders aus.«

»Sogar einige der Häuser sind weggespült worden«, murmelte ich. »In ein paar Tage ist das hier eine ganz andere Stadt.«

Dieser Teil Dhakas wirkte wie der Schatten einer Großstadt. Zwischen Betonklötzen klemmten schiefe Holzhütten und nur jedes zehnte Fenster war erleuchtet. Offenbar war durch die Überschwemmungen der Strom ausgefallen. Uns begegnete kaum jemand, abgesehen von den kleinen Booten, die gelegentlich an uns vorübertrieben und von den mitgerissenen Trümmern kaum zu unterscheiden waren. Die Männer darauf warfen uns lange Blicke zu. Wir beeilten uns noch mehr.

»Das muss es sein«, sagte Mali schließlich und deutete auf ein frei stehendes Gebäude aus Blech und Beton, umgeben von Dutzenden Lkws, die vom Wasser wie Spielzeugautos umhergeschubst wurden.

Der fünfstöckige Klotz erstreckte sich ungefähr über die Fläche eines halben Fußballfelds. Die baufällige Fassade blickte aus blinden Fenstern auf uns herab und die riesigen, in die Wände eingelassenen Ventilatoren stellten sich tot. Und irgendwie traf das hier auf alles zu.

Zumindestens roch es so ...

Judith

»Und wie kommen wir da jetzt rein?«, flüsterte Louisa, als wenn bei diesem Sauwetter noch jemand außer uns Lust hätte, während der Sintflut spazieren zu gehen.

Mali und Hanna steckten die Köpfe zusammen. Die Rolltore hinter den Lastwagen waren heruntergelassen, die ersten Fenster lagen im zweiten Stock.

»Ohne Schlüssel oder Panzer sieht es schlecht aus«, steuerte ich superkonstruktiv bei.

Louisa zog eine Augenbraue hoch, legte einen Zeigefinger auf die Lippen und deutete mit dem anderen auf Mia. Sie hatte das Foto aus der Innentasche ihrer Jacke geholt und schluchzte leise.

Ganze Arbeit, dachte ich. *Judith, die Einfühlsame, hat wieder zugeschlagen.*

Auf meinem Foto war meine kleine Schwester. Sie war gut in der Schule, und wenn sie mal die Glotze anmachte, dann für eine Dokumentation über Waldsterben, Walfang oder so etwas. Sie war so perfekt, dass es mich nervte, und das erzählte ich auch allen, die es hören wollten. Jemand musste ziemlich in unseren Leben gewühlt haben. Denn niemand wusste eigentlich, wie viel sie mir bedeutete. Ihr zuliebe hatte ich mir den Schulverweis eingehandelt, der mich auf die *Marie* gebracht hatte. Vielleicht war die Prügelei nicht meine beste Idee gewesen, aber wenigstens waren die Arschlöcher, die ihr immer auf dem Schulhof aufgelauert hatten, mit mir geflogen.

»Wisst ihr was«, sagte ich entschlossen, »meine Tränen gehören mir, und ich lasse mir von den Pen-

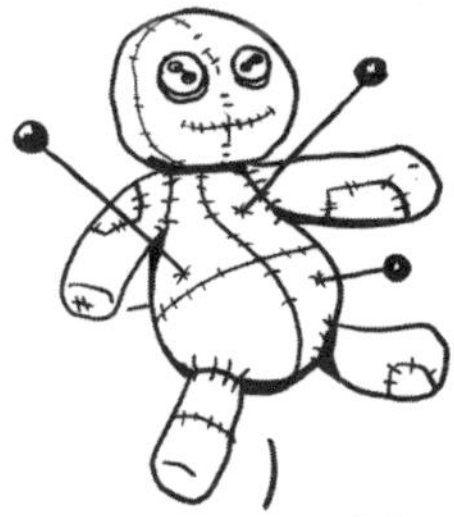

Die Arschlöcher hättest du hiermit einfacher und sauberer bearbeiten Können Ü
Chris

Der Tipp kommt leider ein wenig zu spät...
Judith

nern nicht vorschreiben, wann ich sie vergieße.« Das zerrissene Foto meiner Schwester trieb mit der Strömung davon. »Ich gehe da jetzt rein und danach will ich mein Leben zurück.« Ich stapfte los, und es dauerte einen Augenblick, bis die anderen sich von meinem Bad-ass-Abgang erholt hatten.

»Zur Halle geht's aber hier entlang«, bemerkte Hanna irritiert.

»Ich weiß«, rief ich und watete weiter in die falsche Richtung.

»Und den Koffer hast du auch vergessen«, ergänzte Mali.

Mali

Judith war jetzt offiziell verrückt. Erst als sie die Feuerleiter des Hauses hinter uns hochkletterte, dämmerte es mir.

»Und jetzt?«, fragte Louisa. »Will sie etwa springen? Die hat echt zu viele Actionfilme gesehen. Zwischen den Dächern liegen gut zehn Meter.«

»Keine Angst«, sagte Hanna und deutete in den dunklen Nachthimmel, »ist nur ein billiger Trick.« Dann folgte sie Judith mitsamt dem Koffer.

Louisa und die anderen sahen sich stirnrunzelnd an. Ich zog sie hinter mir her.

Fünf Minuten später hingen wir wie lebensmüde Faultiere an den Starkstromleitungen, die sich über die Dächer spannten. Die Stahlseile summten zum Glück nur wegen unseres Gewichts. Wir mussten einfach darauf hoffen, dass der Stromausfall noch eine Weile andauerte. Der Regen hatte zumindest nicht nachgelassen.

Judith hatte den Koffer mit den Kordeln aus unseren Kapuzen an einer der Stromleitungen befestigt und schob ihn mit ihrem Dickschädel vor sich her. Keine Ahnung, ob sie irgendwie getestet hatte, ob noch Saft auf den Leitungen war. Jedenfalls hatte sie bereits mit beiden Händen daran gehangen, als Hanna oben ankam.

Ich hätte es niemandem verübelt, wenn er auf dem Dach gewartet hätte. Die Höhe war gruselig und beim Anblick der schwankenden Stromleitungen wurden selbst meine Knie weich. Aber keiner wollte seine Liebsten in Gefahr bringen.

»Nicht nach unten gucken«, rief ich den Zwillingen aufmunternd zu, »und immer ein Bein vor das andere. Dann die Hände.«

Tatsächlich machte sich das Training in der Takelage unseres Schiffes bezahlt, und wir kamen – abgesehen von ein paar blauen Flecken und zitternden Muskeln – heil auf dem großen Gebäude an. Hier trommelte der Regen umso heftiger auf die marode Dachpappe und Wasserfälle strömten über den Rand. Zum Glück fanden wir schnell eine offene – oder vielmehr kaputte – Wartungstür.

Darunter lag eine rutschige Treppe, auf der ein

Wegen deinem vielleicht.
Louisa

Ein Glück, dass Leo nicht dabei war …
ARNIE

Hey! Ich habe nur Schwere Knochen!!
Leo

Rinnsal in die Tiefe floss. Der Regen drang hier durch jede Ritze.

Es stank unerträglich. Ich ließ meine Kapuze offen und stellte den Kragen hoch. Etwas brannte in meinen Augen und ließ selbst die Haut unter meinen Kleidern kribbeln.

»Ich glaube, wir wissen jetzt«, sagte Hanna hustend, »woher der Großteil des Drecks in den Straßen kommt. Was ist das hier für eine Fabrik?«

»Wahrscheinlich irgendein Chemiescheiß«, röchelte Judith und ging bis zum Fuß der Treppe voran. »Wenigstens sind wir allein.«

Leider irrte sie sich in beiden Fällen. Wir standen am Geländer eines Rundgangs aus Trittgittern, der um die gesamte Halle reichte und über Treppen weiter nach unten führte. Der Rest des Gebäudes bestand aus einer einzelnen Etage, teilweise bis unter die Decke mit Bergen aus Stoffballen angefüllt. Leinen, Jute und Baumwolle bildeten ein Gebirge aus allen Farben und Schnittmustern. In den Tälern stand eine Armee aus Nähmaschinen, Laufbändern und riesigen Trögen, aus denen die übel riechenden Dämpfe aufstiegen.

Sieht aus als handelt es sich hierbei um eine dieser fiesen Textilfabriken oder auch "Sweatshop" genannt.
- Umweltverschmutzung
- gefährliche Arbeitsbedingungen
- schlechte Löhne
unter anderem...
Hanna

Die Nacht war hier nicht zum Schlafen da. Unter dem schummrigen Licht von Baulampen, die von ratternden Hilfsgeneratoren angetrieben wurden, saß an jeder Maschine eine Frau. Oder vielmehr …

»Mädchen«, flüsterten Freya und Finja ungläubig. »Die sind ja alle jünger als wir.«

Die Nähmaschinen ratterten pausenlos wie gedämpftes Gewehrfeuer. Dazwischen patrouillierten Männer mit Taschenlampen und Schlagstöcken an den Gürteln. Denen schien es wichtiger zu sein, die Kinder trotz blutender Finger zur Arbeit anzutreiben, als die unzähligen Regenlecks zu stopfen, die hier früher oder später alles ertränken würden.

Freya + Finja

Wir wussten, dass auch die Bekleidungskette unserer Eltern in ärmeren Ländern produzieren ließ, weil dort die Kosten niedriger waren. Aber diese Textilfabrik glich einer Hölle. Hanna deutete schweigend auf die großen Bottiche, in denen Mädchen und Jungen knietief und ohne Schutzkleidung in der giftigen Brühe standen, um die Stoffe zu färben. Viele husteten und litten an übelsten Hautausschlägen.

Das wäre die einzige Arbeits Kleidung die da zugelassen wäre!!
Chis

Wir wünschten, wir hätten das nie gesehen. Noch mehr wünschten wir uns nur noch, dass es so etwas nicht gäbe. Ob Mama und Papa wohl davon wussten?

Mit einem Mal wirkten unsere nassen Kleider nicht schwer vom Regen, sondern von all dem Schweiß und dem Blut der armen Seelen, die sich hier für Hungerlöhne quälten.

Die anderen zogen uns mit und wir folgten wie in Trance. Wir betraten irgendeinen Raum mit großen Plastikflaschen und schwarzen Metalltonnen. Hanna versteckte den Koffer dahinter. Dann trafen uns die Taschenlampen wie Laserstrahlen.

Hanna

Vielleicht waren die leuchtend gelben Regenmäntel auch nicht die beste Idee… Louisa

Die Wachleute mussten uns gehört oder gesehen haben. Ihre schweren Schritte dröhnten auf dem Metallgitter. Sie leuchteten durch die milchigen Fenster. »Was machen wir jetzt?«, fragte Mali leise und zückte ihr Messer.

»Genau, alle abstechen«, flüsterte Louisa zynisch. »Das wird bestimmt klappen und ist auch voll in Ordnung.«

Wir befanden uns im dritten Stock und damit in der Falle. Sowohl aufs Dach als auch nach unten war der Weg zu weit.

Judiths Pupillen bewegten sich schnell, als hecke sie wieder etwas aus. Doch diesmal kam ich ihr mit einer Verrücktheit zuvor. Der Regen hämmerte gegen das Fenster hinter uns, dessen Glas durch eine dicke Folie ersetzt worden war. Die Männer kamen näher.

»Wir springen«, sagte ich spontan.

»Spinnst du? Bis zum Boden sind das locker zwölf Meter.«

»13,5 Meter«, korrigierte ich Louisa

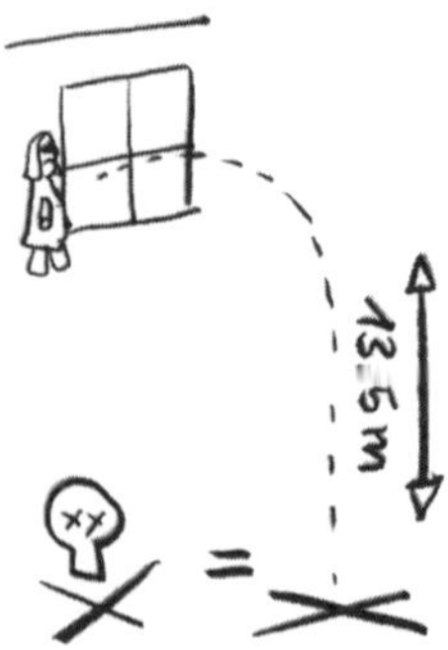

Louisa

Die Wachleute rissen die Tür auf und wir sprangen in den Tod.

Zumindest wäre es unser Tod gewesen, wenn sich unser Superhirn nicht daran erinnert hätte, dass genau unter diesem Fenster einer der Lastwagen stand. Wir rissen also die Folie vom Fenster und prasselten mit dem Gewitterregen auf die Plane des Lkws. Dadurch fielen wir nicht allzu tief und landeten ziemlich weich. Das Geschrei über uns trieb uns weiter an. Wir hangelten uns vom Wagen und rannten so schnell, wie es das Wasser und unsere Beine zuließen.

Chris

Ungeduldig wartete ich mit Max und Arnie am Pier. Als ich die Mädchen hinter einer Häuserecke auftauchen sah, atmete ich erleichtert auf. Doch je näher sie kamen, desto klarer konnte ich sehen, dass irgendetwas vorgefallen sein musste. Ohne auch nur eine unserer Fragen zu beantworten, kletterten sie direkt ins Boot. Wir ruderten so schnell wie möglich zurück zum Schiff.

Erst auf dem Deck brachen die sieben zusammen. Keiner sagte etwas. Mia weinte still und Freya und Finja waren leichenblass. Plötzlich hörte ich ein Geräusch, das ich erst gar nicht verstand. Dann kapierte ich, dass Judith angefangen hatte zu lachen.

Max nahm Mia in den Arm, während Louisa wortlos an Arnie vorbeiging und unter Deck verschwand. Mali machte sich mit starrem Blick auf den Weg zur Brücke.

»Valle hat die Hafenpolizei erreicht. Die müssten bald hier sein«, sagte ich aufmunternd zu Hanna, die an der Reling saß. »Habt ihr den Koffer abgeliefert?«

»Haben wir«, antwortete sie matt. »Vielleicht haben wir sogar eine gute Tat vollbracht, und das, was darin ist, bringt die Schweine zur Strecke. Beweise oder ein Peilsender für die Polizei. Irgendetwas in der Art.«

»Dann ist vielleicht bald alles vorbei.« Ich hockte mich lächelnd vor sie. »Das habt ihr gut gemacht.«

Hanna antwortete nicht, denn in meinem regennassen Gesicht spiegelte sich eine gewaltige Explosion.

-5-

DAS WEGGEWORFENE MEER

9. Juli
50 Seemeilen vor der Küste Bangladeschs,
N 21° 21', O 90° 25'
27 °C, Dauerregen
S5–6, grobe See

Judith

47 Frauen und Kinder. Der Nachrichtenticker der BBC erhöhte stündlich die Opferzahlen. Wie gelähmt saß ich vor dem Bildschirm. Meine Beine waren eingeschlafen, mein Kopf rannte einmal um die Welt, nur um wieder im Brückenhaus anzukommen, das dunkel war und leer. Geflutet mit flackernden Bildern von Tod und Zerstörung.

Meine Augen brannten, aber ich traute mich nicht, zu blinzeln, aus Angst, etwas zu verpassen. Etwas, das uns Antworten auf unsere Fragen gab. Etwas, das sagte: *Ihr seid nicht schuld am Tod unschuldiger Menschen, so vieler unschuldiger Menschen.* Aber natürlich kam nichts.

Ich glaube, das trifft unsere Stimmung gerade ganz gut ...
Chris

Es hätte auch weitaus mehr Opfer geben können bei den miserablen Sicherheitsbestimmungen der Fabriken.
Hanna.

Sehr beruhigend ...
Judith♡

Ich mein' ja nur.
Hanna

»Der technische Defekt ist noch im Rennen«, sagte Paul in seiner gewohnt nüchternen Art, »aber es wird nicht lange dauern, bis sie von einem Bombenattentat sprechen.«

Ich war ihm dankbar, dass er noch neben mir saß. Die anderen ertrugen die Nachrichten nicht mehr.

»Einer der Experten weist immer wieder auf die miserablen Arbeitsbedingungen in Textilfabriken wie dieser hin. Vielleicht wird sich da jetzt etwas tun.«

»Aber zu welchem Preis?« Ich versuchte vergeblich, den Kloß in meinem Hals hinunterzuschlucken.

»Es ... es war richtig, abzuhauen«, sagte eine leise Stimme vom anderen Ende des Raumes.

Paul und ich drehten uns um und entdeckten Lukas mit angezogenen Beinen auf einer Bank. Die Stirn hatte er auf den Knien abgelegt. Ich hatte ihn gar nicht bemerkt.

»Ich meine, was hätten wir der Polizei sagen sollen?«, flüsterte er.

»Die Wahrheit wäre ein Anfang gewesen«, antwortete ich giftig.

Lukas wandte sich ab und blickte stumm durch das Fenster auf das nächtliche Meer.

»Lukas hat recht«, stand Paul ihm bei, »auch wenn ihr von der Bombe nichts wusstet, den Koffer habt ihr trotzdem dort abgestellt.«

»Na, vielen Dank auch. Die Mädchen stecken in der Scheiße und ihr setzt noch einmal einen Haufen drauf.«

»So habe ich das nicht gemeint«, sagte Paul. »Wir haben keinen Beweis dafür, gezwungen worden zu sein. Die Fotos sind nichts wert, und die Funksprüche können wir auch nicht aufzeichnen, weil Valle aus Angst davor, von irgendwem überwacht zu werden, immer Mikro und Webcam aus seinen Laptops ausbaut.«

Ich seufzte und schaltete den Fernseher aus.

Chris

»So ein Dreck«, fluchte Mali und warf einen finsteren Blick über die Reling auf die verblassenden Lichter der Küste. Wie Besessene waren wir aus Dhaka geflohen, hatten volle Segel gesetzt, um Strecke zu machen. »Ein Dutzend reicher Kinder aus der Ersten Welt auf einer lustigen Kreuzfahrt. Super Sündenböcke für eine Katastrophe wie diese hier.«

Vielleicht sollten wir anfangen diesen Knoten zu üben... xx Chris

DEN KANN ICH BLIND MIT VERBUNDENEN HÄNDEN! MAX

»Und wenn wir unsere Eltern mit reinziehen«, sagte ich bitter, »sind die genauso dran wie wir. Entweder macht uns die Polizei fertig oder die Erpresser erledigen das.«

Mir ist gerade nicht so nach Scherzen zumute. Lukas

»Vergesst nicht das Problem mit dem Verschwinden der Lehrer«, vervollständigte Hanna unser Krisengespräch unter sechs Augen, »wir können auch nicht beweisen, damit nichts zu tun zu haben.«

»Wenn ich den Schmeis in die Finger kriege«, zischte Mali und rammte ihr Messer mit voller Wucht ins Holz.

»Mittlerweile glaube ich nicht mehr, dass die Seeleute etwas damit zu tun haben«, versuchte Hanna unsere Kapitänin zu beschwichtigen. »Klar, die sind wahrscheinlich abgehauen – sei es aus Aberglauben an Geisterschiffe, aus Angst, nicht mehr bezahlt zu werden, oder weil sie bestochen wurden. Aber ruft euch bitte einmal diese Idioten ins Gedächtnis! Sehen die aus wie Terroristen, die Pläne mit Drohnen und von langer Hand eingefädelte Erpressungen aushecken? Ich meine, die halten sich ein Huhn als Abschreckung vor dem Klabautermann.«

»Guter Punkt«, stimmte ich zu. »Als einziges richtiges Hindernis für die Erpresser blieben die Lehrer. Ohne sie ist das hier nur noch ein altersschwaches Schiff, das keine Sau interessiert, mit ein paar Jugendlichen, die man leicht einschüchtern kann. Wir sind derart am Arsch.«

Mali wollte gerade antworten, als wir Schritte hörten. Valle näherte sich winkend und wir ahnten Schreckliches.

Valle

UNVERZÜGLICHER AUFBRUCH – N 36 O 25 – KEINE POLIZEI – BEI FREMDKONTAKT STIRBT LEHRER – WEITERE KONSEQUEN-

ZEN VORBEHALTEN – DEADLINE 31. AUGUST – WEITERE ANWEISUNGEN FOLGEN

»Griechenland. Ägäisches Meer«, sagte Mali und deutete mit dem Finger auf eine kaffeefleckförmige Insel auf der Seekarte, die sie mit ins Funkhaus gebracht hatte. »Die Koordinaten sind eindeutig.«

»Santorin«, las Louisa vor. »Sagt mir nichts.«

»*Das* Santorin?«, fragte Hanna, als müssten bei uns allen die Glocken läuten. »Kommt schon, Leute«, fuhr sie enttäuscht fort. »Atlantis. Jedenfalls ist die Insel unter Archäologen ein heißer Anwärter, weil in der Antike Teile der Insel durch Vulkanausbrüche versunken sind.«

Wir →
ca. 5000
Seemeilen

»Halt mal die Luft an, Hanna«, polterte Arnie und drängte sich auch noch herein. »Ich fahre nirgendwohin. Keiner von uns sollte so blöd sein, sich von diesen Arschlöchern weiter in der Weltgeschichte herumscheuchen zu lassen.«

»Aber die Fotos.« Das war alles, was Judith rausbrachte, und ich sah, dass es reichte, um die anderen Mädchen zu verunsichern.

»Es fällt mir zwar schwer«, schaltete sich Chris ein, »aber diesmal muss ich Arnie recht geben. Keine Ahnung, wie lange wir unterwegs wären …«

Ob wir da überhaupt ankommen und nicht vorher verdursten oder verhungern? Judith ♡

»Gut 40 Tage, über 6000 Seemeilen«, ergänzte Mali.

»Also tierisch lange. Und dann? Sprengen wir diesmal ein Waisenhaus in die Luft?«

Ganz zu schweigen von der Navigation. Chris

Finja schluchzte erstickt auf und Freya zog sie an der Hand aus dem Raum. Max und Mia folgten ihnen. Lukas nutzte das allgemeine Schweigen, um die letzten Morsetöne zu notieren, die mit der Endlosschleife des Funkspruchs angekommen waren. Vielleicht ergaben sie ja diesmal Sinn?

»Und was heißt das jetzt?«, fragte Paul schließlich, der Taschentücher aus seinem Großfamilienvorrat verteilte. »Bleiben wir einfach hier, bis uns Wasser und Essen ausgehen?«

»Wir fahren den nächsten Hafen an«, antwortete Mali. »Alles andere wäre einfach Wahnsinn.«

»Bist du verrückt?« Louisas Stimme bebte. »Die Anweisungen sind klar: Kein Kontakt! Die beobachten doch alles. Wenn wir einen Hafen anlaufen, landen nicht nur wir im Gefängnis, sondern unsere Geschwister, unsere Eltern – verdammt –, jeder, der uns etwas bedeutet, könnte dafür bezahlen.« Tränen standen in ihren Augen.

»Ihr habt mich zum Kapitän gemacht«, sagte Mali kühl, »einer muss diese Entscheidung treffen.«

Arnie packte Louisa am Arm und zog sie aus der Funkbude, aber sie riss sich los.

»Du hast leicht reden, Mali!«, schrie sie. »Dir haben sie kein Foto geschickt. Du musst nicht in Augen blicken, die vielleicht nie wieder zurückschauen. Wartet auf dich überhaupt jemand zu Hause?«

Für einen kurzen Augenblick war ich mir sicher, dass Mali Louisa einfach über Bord werfen würde.

Mali

Wir blieben, trieben über die Wellen und sahen am Horizont den Mond aufgehen, Schiffe vorüberziehen und einen neuen Tag aufgehen. Wir hatten uns darauf geeinigt, nicht auf die Forderungen einzugehen. Wir wussten, dass die Erpresser es ernst meinten, dass sie nicht davor zurückschreckten, Menschen in die Luft zu jagen. Aber Dhaka steckte uns noch in den Knochen. Wir hatten getan, was sie wollten, und waren zu Mördern geworden.

Wann immer ich die Augen schloss, sah ich die Feuersäule in den Himmel schießen, hörte die Schreie und wie sie verstummten.

Die Jungs hatten die *Marie* fast ganz allein aus dem Hafen gesteuert. Ich wäre stolz gewesen, wenn sie dadurch nicht dieselbe Schuld auf sich geladen hätten wie wir.

Niemand schlief in dieser Nacht. Valle versuchte immer noch, das Funkgerät zu reparieren, Lukas brütete über sinnlosen Morsezeichen, und Max spielte auf seiner Gitarre kein Lied zu Ende. Erst als Leo zum Frühstück läutete und Hanna ein staubiges Buch auf den Esstisch knallte, dämmerte mir, wie sterbensmüde ich war.

Hanna

»Ich hätte lieber Pfannkuchen«, versuchte sich Max an einer Aufmunterung und pustete den Staub von dem Wälzer.

Davon 3Kg bitte!! Chris

Oh ja das wäre definitiv mein Ding! Leo

»Lustig, du Trottel.« Ich war nicht in der Stimmung für blöde Kommentare. Außerdem duftete es aus der Kombüse tatsächlich nach Pfannkuchen und mein Magen knurrte.

»Also, Leute«, setzte ich an, »ich habe mich heute Nacht in Deterings Bibliothek umgesehen und bin auf etwas Spannendes gestoßen.«

»Einen Krimi?« Jetzt also auch noch Chris. Meine Güte!

»Nein, Mister Witzig, ein altes Sachbuch über berühmte Schiffsunglücke.«

»Wie aufmunternd!« Louisa rollte mit den Augen.*

»Jetzt lasst Hanna doch mal ausreden, Leute!«, sprang mir Judith bei.

»Jedenfalls steht da auch etwas über die *Mary Celeste.*« Jetzt hatte ich ihre Aufmerksamkeit. Ich setzte mich. »Tatsächlich hat unser Schiff eine bewegte Geschichte. Mali hatte recht mit der Vermutung, sie sei eines der mysteriösesten Geisterschiffe der Welt. Ursprünglich wurde das Schiff auf *The Amazon* getauft. Und wie wir jetzt wissen, bringt eine Namensänderung Unglück.« Leo stellte die dampfenden Pfannkuchen auf den Tisch, aber die anderen hingen mir weiterhin an den Lippen. »Auf jeden Fall lief das Handelsschiff 1872 in New York Richtung Italien aus. Schließlich fand man es jedoch vor Portugal ohne Besatzung. Das Beiboot fehlte, es herrschte ein ziemliches Durcheinander,

*Ließ sie aber gleich wieder sein, weil ihr schwindelig wurde. Chris

der Herd war herausgerissen, Instrumente fehlten. Aber es wirkte so, als habe die Besatzung – darunter auch die Frau und die kleine Tochter des Kapitäns – das Schiff freiwillig verlassen. Was wirklich geschah, ist bis heute völlig unklar. Keiner von der Besatzung ist jemals wiederaufgetaucht.«

»Und wie ist Detering an das Schiff gekommen?«, fragte Chris. »Das Ding müsste doch Sammlerwert haben, oder nicht?«

»Keine Ahnung. Nach den Vorkommnissen wechselte es ein paarmal den Besitzer, bis einer von denen es mit einer Ladung Gummistiefel und Katzenfutter versenken wollte, um die Versicherungssumme zu kassieren. Hier endet die Geschichte. Wahrscheinlich hat irgendjemand das Wrack billig gehoben und damit begonnen, die Herkunft des Schiffes buchstäblich zu übertünchen. Ich glaube nicht, dass Herr Detering wusste, worauf er sich einließ.«

GUMMISTIEFEL UND KATZENFUTTER – KLAR, WAS SONST. MAX

»Das wusste wohl niemand von uns«, murmelte Lukas und begann zu essen.

Chris

Mein Bleistift kratzt über das Papier. Schon den ganzen Tag herrscht eine seltsame Atmosphäre. Unterdrückte Panik. Hilflosigkeit. Hannas Buch über die *Mary Celeste* liegt neben mir im Netz unter der Galionsfigur und der Schinken lässt mich nicht mehr los. Vor allem das Logbuch des ersten Kapitäns, das

Unsere Galionsfigur Die "Leucht" Marie. Chris

in Auszügen abgedruckt ist. Hätte er doch genauer aufgeschrieben, was auf dem Schiff damals vorgefallen ist, dann gäbe es jetzt ein Rätsel weniger.

Weil auch wir derzeit Topkandidaten für Fischfutter sind, habe ich beschlossen, es genau wie er zu machen. Ich möchte für unsere Eltern, die Polizei und die Nachwelt festhalten, was genau hier passiert ist. Und andererseits will ich den Erpressern ordentlich einen vor den Bug ballern. Wir führen von nun an unser eigenes Logbuch. Auch wenn mein Skizzenblock bei dem ganzen Regen ziemlich gelitten hat, wird er schon taugen.

Hemingway brauchte auch eine Menge Papier um seine Wörter aufzufangen... chris

Ich lasse das Buch einfach mal herumgehen und hoffe, die anderen haben Bock darauf.

Außerdem kann man neue Seiten einheften, wenn einer zu sehr ins Labern verfällt, nicht wahr chris? Louisa

Ach ja, wer immer du bist, der das hier liest, sag Lücki, dass ich ein Idiot war.

Lukas

Fast Mitternacht. Es weht kein Lüftchen, die Sicht ist gut. Eigentlich sollten die Zwillinge und Paul mit mir Wache halten, aber genau wie die anderen waren sie hundemüde. Ich habe ihnen angeboten, dass ich allein aufbleibe, da ich sowieso nicht schlafen kann. Keiner hatte Einwände.

Unter den Sternen zu liegen, hat schon was. Man ist nie allein und trotzdem für sich.

Mali

Der Schrei geht durch Mark und Bein, reißt einen

aus jedem noch so finsteren Traum. Ich richte mich in meiner Koje auf. Die Morgendämmerung sickert in den Schlafraum. Meine Augen und mein Verstand brauchen einen Moment, um wenigstens halb da zu sein.

»Scheiße«, stoße ich aus, als ich Freya und Finja in ihren Betten entdecke. Beinahe reiße ich die Trennwand zu den Jungs ein, wo Paul schlaftrunken aufsteht. »Ihr solltet doch Wache halten!«

»Aber Lukas –«, stammelt Paul.

»Ach, Schnauze«, unterbreche ich ihn barsch und schaue mich weiter um.

Lukas' Koje scheint unbenutzt. Judith fehlt. Ich renne im Nachthemd hoch an Deck. Niemand.

Hört das denn niemals auf, wer soll denn noch alles verschwinden? Am liebsten würde ich losbrüllen.

Konzentriere dich, Mali!

Die *Marie* liegt unverändert in ruhiger See. Die Segel sind eingeholt, kein anderes Schiff ist in der Nähe. Wer, zur Hölle, hat geschrien?

Chris und Arnie taumeln hinter mir die Treppe hoch. Bevor sie etwas sagen können, hören wir Schritte und Schluchzen.

Judith taucht aus dem vorderen Kajüthaus über den Lehrerquartieren auf, sie stürzt und bleibt auf den Knien hocken. Sie ist leichenblass.

»Lukas, er –«

Wir rennen zu dritt an ihr vorüber. Die Fäuste geballt, springe ich die Treppe nach unten, bereit,

jedem die Nase zu brechen, der sich an meiner Crew vergreift.

Lukas steht einfach nur da und betrachtet unsere Geschichtslehrerin, die friedlich in ihrer Koje liegt.

»Was, zur Hölle«, entfährt es Arnie.

»Frau Langer, wie sind Sie –« Chris hält den Atem an, als er sieht, was ich sehe.

Frau Langer ist tot.

Ein blutiger Strich zieht sich über ihren Hals. Der rechte Arm hängt kraftlos von der Bettkante. Sie trägt dieselbe Kleidung wie in der Nacht ihres Verschwindens.

Ich lege Lukas eine Hand auf die Schulter. Er zittert und ist fiebrig heiß.

Louisa

Lukas und Judith stehen unter Schock, da sind Paul und ich uns einig. Ausnahmsweise bin ich nicht die Einzige, die sich heute Morgen übergeben muss.

Chris und Arnie haben Frau Langer mit einem Laken zugedeckt und nach oben gebracht. Das erste Mal in meinem Leben bin ich meinem Vater dankbar, dass er mir, schon als ich sechs war, Videomitschnitte von Medizinstudenten gezeigt hat, die an Leichen herumschnippeln. Albträume inklusive. *Man kann mit der Ausbildung nicht früh genug anfangen,* sagte er immer. Ist natürlich klar, dass ich Ärztin werden oder in die medizinische Forschung einsteigen musste. Juhu!

»Jedenfalls ist sie erdrosselt worden«, sage ich zu Mali, die mit den beiden Jungs neben mir steht. »Mit einem dünnen Seil oder so. Ist wahrscheinlich noch keinen Tag her.«

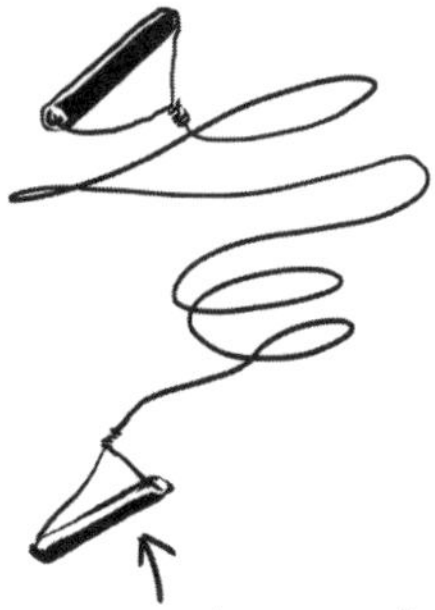

Bei der Mafia wurde die Klaviersaite bevorzugt verwendet...
Chris

Die anderen schauen uns aus sicherer Entfernung zu. Irgendwie kommen wir aus dem Heulen und Kotzen nicht mehr heraus.

»Das heißt, Herr Detering, Herr Suthoff und Frau Jensen leben vermutlich noch«, folgert Chris vorsichtig.

Mali schnaubt: »Ob Schmeis und Co. oder nicht – die Schweine bluffen nicht. Jetzt schieben die uns auch noch Frau Langers Tod in die Schuhe.«

»Wie ist sie überhaupt an Bord gekommen?«, fragt Arnie.

»Lukas wollte die Wache allein übernehmen, damit die anderen pennen können«, antwortet Chris, »nur ist er dann selbst eingeschlafen. Und Judith lag wach, weil Leo so geschnarcht hat. Deshalb wollte sie sich eine andere Koje suchen. Na ja, der Rest ist bekannt. Außer, wie Frau Langer hierhergekommen ist, natürlich.«

»Und was jetzt?«, will ich wissen.

»Santorin«, sagt Mali.

Freya + Finja

Die Jungs haben Frau Langers Koje ausgebaut und sie hineingelegt. Wir besticken ihr Laken mit vierzehn schwarzen Rosen – für jeden von uns eine.

Hanna legt einen Brief in einer Plastiktüte dazu, der alles erklären soll.

Mali hat auf einer Seebestattung bestanden, und Louisa glaubt auch, dass bei einer so langen Fahrt die Seuchengefahr mit einer Toten an Bord zu groß ist. Außerdem ist das richtig gruselig. Und traurig.

Als Chris und Arnie den Leichnam zu Wasser lassen, weiß keiner, was er sagen soll. Stumm schauen wir den Wellen zu, wie sie das kleine Totenschiff forttragen. Wir alle spüren bereits selbst die Laken auf unseren Gesichtern.

»Machen Sie es gut, Frau Langer«, flüstert Max, als die Koje nur noch eine Ahnung am Horizont ist. »Ich verspreche Ihnen, das nächste Mal besser aufzupassen.«

17. Juli
23 Seemeilen nördlich von Sri Lanka, N 10° 7', O 80° 9'
32 °C, wechselhaft mit leichten Schauern
SW3, schwach bewegte See

Leo

Hätte ich schon Bartwuchs, die Fransen würden mir bis zu den Knien hängen. Seit einer Woche sind wir jetzt wieder unterwegs, und obwohl wir unser Ziel kennen, haben wir keine Ahnung, was uns dort erwarten wird. Die anderen schuften Tag und Nacht an Deck, während ich versuche, sie bei

Kräften zu halten – mit vernünftigem Essen und einer guten Portion Lügen.

Unsere Vorräte sind so gut wie erschöpft. Ein paar Salzgurken, etwas Trockenzwieback, zwei Säcke Hirse und eine Tüte Rosinen sind nicht gerade die Welt. Auch Waschen ist nur noch mit Regenwasser drin, denn die paar Liter Trinkwasser reichen nur noch wenige Tage. Mali, Chris und Hanna wissen davon. Den anderen sagen wir, die Rationierungen seien Vorsichtsmaßnahmen, da wir nicht wissen, wie lange wir noch unterwegs sein werden. Lügen eben.

Wir können es nicht wagen, irgendwo an Land zu gehen. Wir wissen nicht, ob die Polizei uns sucht, und die Erpresser verstehen offensichtlich keinen Spaß. Es klebt schon genug Blut an unseren Händen.

Am meisten Sorgen bereitet mir Valle. Jede freie Minute schraubt er am Funkgerät herum und bettelt Mali um eine weitere Stunde Strom an. Aber auch der Diesel wird knapp. Zudem wird Valle immer dünner, obwohl ich ihm größere Portionen als Arnie zuschachere. Sein Teller kommt immer leer aus der Funkbude zurück, aber vielleicht ist er krank? Ich denke, ich werde mal mit Louisa sprechen. Paul erklärt Valle sonst direkt für todkrank.

Störtebeker schaut mich gerade so misstrauisch vom Spülbecken aus an. Ob er ahnt, dass ich über Brathähnchen nachdenke?

Hirsebrei Rezept:

- 4Kg Hirsebrei
- 8ltr. Wasser (oder Schweiß und Tränen)

Alles miteinander verrühren, dann kurz aufkochen und quellen lassen… tada… Nahrung!
Serviervorschlag: Brei garnieren mit einer Salzgurke (das Auge isst mit).
Chris

DA SIND NOCH ZWEI ZAHLENCODIERTE METALLKISTEN IM FRACHTRAUM, ABER DIE BEKOMMEN WIR NICHT AUF.
MAX

Mali

Wir fahren östlich von Indien ohne Sichtkontakt zum Land die Koromandelküste entlang. Ich versuche, andere Schiffe zu meiden. Trotzdem nehmen wir die vergleichsweise enge Palkstraße zwischen dem Subkontinent und Sri Lanka. Wir haben einfach nicht genug Zeit, um die Insel zu umfahren. Zum Glück wird niemand auf uns aufmerksam.

Nachdem wir den Golf von Bengalen hinter uns gelassen haben und in die Lakkadivensee südwestlich von Indien vorgestoßen sind, wird das Wetter schlechter. Jenseits der Malediven braut sich ein Sturmtief zusammen. Es zieht nach Westen. Ich hoffe, dass wir es nicht einholen.

Wir fahren unbeirrt weiter. Ich bin sehr stolz auf meine Mannschaft. Manche sind vielleicht als Kinder aufgebrochen, aber sie werden als Erwachsene ankommen – egal, wo das sein mag.

Leo

Noch einmal ich und Störtebeker. Es kommt mir schon eine ganze Weile lang komisch vor, dass unser Huhn immer fetter wird, obwohl ich ihm nur ein paar Körner hinwerfe. Keine Ahnung, warum, aber mittlerweile flieht es immer, wenn ich auftauche.

Jedenfalls habe ich es gestern zufällig dabei beobachtet, wie es auf dem Achterdeck zwischen den Planken rumpickte. Erinnert ihr euch noch an den Ollen und daran, wie er nachts immer rumschlich?

Ich auch! Also bin ich hin … und tatsächlich: Eine Planke klang hohl und war nur aufgelegt. Darunter fand ich ein halbes Süßwarengeschäft: Schokoriegel, Weingummi, Plätzchen, Chips und noch einiges mehr. Kein Wunder, dass der Olle seinen eigenen Fraß nicht anrührte!

Na da hast du bestimmt richtig feuchte Augen bekommen oder?
Louisa

Jetzt bestehen unsere Mahlzeiten vorerst aus Nachtisch. Die anderen lieben mich. Meine Eltern bekommen bestimmt schon bei dem Gedanken Karies. Nicht mal die Mädchen beschweren sich. Und Störtebeker kriegt ab jetzt immer eine Extraportion Schokopuffreis.

Dem lief das Wasser im Mund zusammen!
Mali

4. August
165 Seemeilen südöstlich von Sokotra,
N 10° 26', O 54° 53'
25 °C, Unwetter
SW9, hohe See

Chris

Mein letzter Eintrag liegt mittlerweile beinahe einen Monat zurück. Was soll ich sagen, es gibt nicht viel zu erzählen, außer dass wir zum Rand unserer Welt segeln. Und auf dem Weg dahin ernähren wir uns von täglich einem halb geschmolzenen Schokoriegel und einem Schüsselchen Hirsebrei. Die *Marie* haben wir ganz gut im Griff, aber jeden Tag wächst die Angst, nicht rechtzeitig vor Ende des Monats anzukommen.

Unsere Familien machen sich wahrscheinlich tierische Sorgen, weil sie nichts von uns hören. Aber würde es irgendetwas besser machen, wenn sie alle Hebel in Bewegung setzten und wir von der Küstenwache aufgelesen würden? Das Schicksal unserer Lehrer wäre jedenfalls besiegelt. Und wer weiß, ob die Erpresser dann nicht schneller bei unseren Familien wären als wir. Trotzdem hoffe ich, dass alles bald zu Ende ist. Egal wie.

Mali zeigt mir gerade auf der Karte, dass wir genau auf das Horn von Afrika zuhalten. Der Golf von Aden und das Rote Meer sind nicht mehr fern.

»Das da macht mir allerdings Sorgen«, sagt sie beunruhigt und deutet auf den Himmel, an dem sich Berge schwarzer Wolken auftürmen. Das Meer schubst uns schon seit Tagen hin und her.

»Wir müssen uns südlicher halten, das Sturmtief gewinnt immer mehr an Kraft«, murmelt Mali mehr zu sich selbst und stellt sich ans Steuer.

Ich trete hinaus in den aufziehenden Sturm. Es ist früher Nachmittag, aber das Unwetter verschluckt bereits große Teile des Tageslichts. Unser Traumpaar Maxia klinkt gerade seine Karabinerhaken an einem Manntau ein, um Arnie und Judith beim Reffen der Hauptsegel zu helfen. Ein Klüversegel hat uns der schärfer werdende Wind schon geklaut. Zum Glück hatten wir Ersatz.

Gerade als ich mit anpacken will, eilt mir Hanna ungesichert entgegen. Ich packe sie, als uns eine

Welle ordentlich in Schlagseite bringt und Gischt übers Deck sprüht.

»Bist du verrückt? Scheiße, willst du dich umbringen?«, fluche ich.

Unter der Kapuze ihres Ölmantels quillt verfilztes Haar hervor und umspült wie die aufgebrachte See ein totenblasses Gesicht.

»Was ist los?«, frage ich beunruhigt.

»Valle schickt mich. Das mit dem Umbringen übernehmen wahrscheinlich andere«, flüstert sie und zieht mich Richtung Brücke.

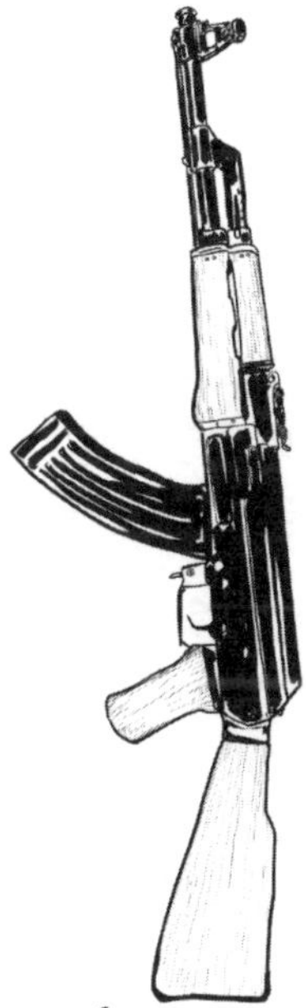

Valle

Kurz nach der ersten Aufforderung per Funk – in gebrochenem Englisch gebrüllt –, die Segel einzuholen und uns klar zum Entern zu machen, tauchen die Piraten eine halbe Seemeile entfernt an Backbord auf.

Wir hatten alle nur Augen für die Unwetterfront gehabt und dabei vergessen, auf andere Gefahren zu achten. Der kleine Trawler kämpft nicht weniger mit dem Sturm als wir, trotzdem schiebt er sich Meter für Meter näher. Würde die See nicht so brüllen, würden wir vermutlich die Schmerzensschreie der Maschine hören.

Judith

Ich habe Mali noch nie so aufgelöst gesehen. Sie steht wie erstarrt am Steuerrad, blickt aus dem

Fenster, und ihre Lippen bewegen sich, ohne dass ein Wort hervordringt.

Wir stehen allesamt auf der Brücke, triefend nass, und warten auf Anweisungen unserer Kapitänin.

»Mali? Was ist mit dir?« Hanna versucht sie an der Schulter zu berühren, doch Mali zuckt zurück.

Die Fenster beschlagen.

Nichts sehen, nichts hören, das wäre mir jetzt am liebsten. Aber die Fs wischen einen Spalt frei. »Sie kommen näher.« Freyas Stimme zittert.

»Scheiße, was machen wir jetzt?«, fragt Max atemlos in die Runde. »Die haben bestimmt MGs, oder?«

Unerbittlich wie ein Hai schneidet das graue Motorschiff durch die Wogen. Vor und hinter uns das offene Meer, backbord die Piraten, steuerbord der Sturm.

»Ich hab keinen Bock, draufzugehen«, brüllt Arnie unvermittelt.

Wir zucken zusammen.

Er schlägt mit beiden Fäusten krachend auf den Kartentisch. »Sag etwas, Mali! Du bist doch sonst so 'ne harte Sau. Und jetzt ziehst du den Schwanz ein?«

Donner rollt über den Himmel.

Als Mali plötzlich das Steuer herumwirbelt, reißt uns das Manöver* von den Beinen. Gemeinsam mit der *Marie* kreischen wir gequält auf. Wir halten direkt auf den Sturm zu.

*Bei dem Manöver sind mindestens 3 Klampen weggerissen und 2 Taue auf Nimmerwiedersehen im Meer verschwunden. Judith ♡

DAS WAREN DIESE DINGER

ODER?

Wow, da hat ja einer mal aufgepasst. Hanna

Chris

Der Wind schlägt uns mit unbändiger Wut in die Gesichter und drückt uns den Atem zurück in die Lungen. Ich verliere das Gefühl für unten und oben, als der Sturm uns verschlingt. Gewitterwolken und See vermischen sich wie Aquarellfarben auf einem nassen Blatt Papier. Blitze zucken wie tausend Risse über den Himmel, das Meer bäumt sich zu Bergen auf, die uns unter schäumenden Lawinen begraben.

Es ist purer Wahnsinn, bei diesem Unwetter die Segel zu setzen. Doch was bleibt uns anderes übrig, als noch ein Stückchen wahnsinniger zu sein als der Rest der Welt? Es gibt nichts außer uns und einer Armee Sturmriesen, die uns zermalmen und ertränken wollen. Die jedes Segel fortzerren, jedes Wort zerreißen, jede Hoffnung zerschmettern.

Die Piraten müssen verzweifelt sein, denn sie folgen uns in die Hölle. Der Strahl eines Scheinwerfers schneidet wie ein Laser durch die Dunkelheit. Keine zwei Schiffslängen trennen uns noch.

Mist, hier kommt jetzt echt viel Wasser rein. Wir müssen unbedi–

Elmsfeuer tanzen auf den Mastspitzen zum Trommelfeuer des Donners, als ein Blitz den Trawler trifft. Das Scheinwerferlicht erstirbt, das Schiff taucht aus einem Wellental nicht wieder auf.

Wir recken die vor Anstrengung tauben Arme in die elektrisierte Luft und schreien dem Sturm unseren Triumph entgegen. Dann zerschellen wir an einer schwarzen Wand aus Wasser und Nacht.

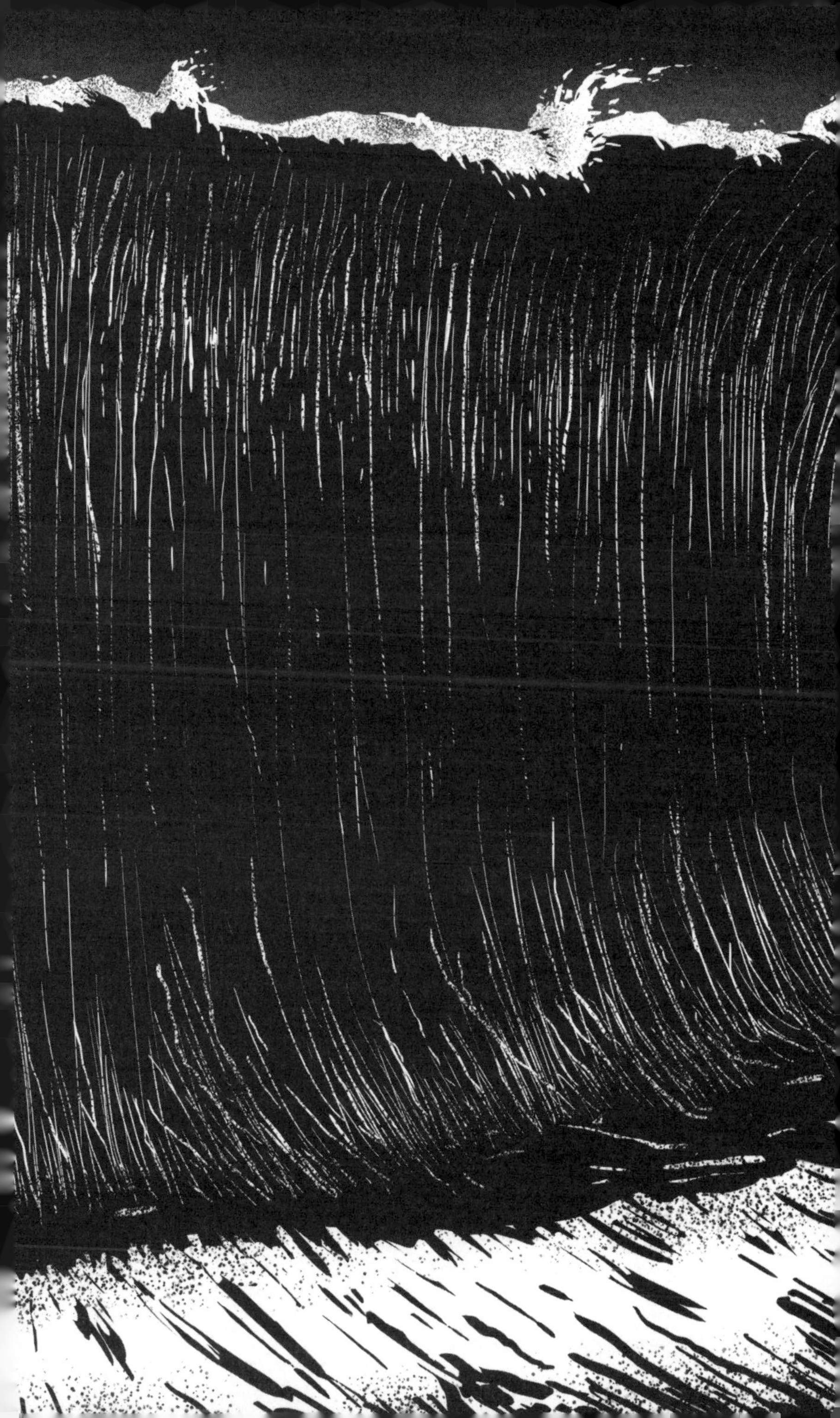

Hanna

Wir leben. Mehr nicht. Der Sturm tobte noch die ganze Nacht, und oft glaubten wir, die *Marie* richte sich nicht wieder auf. Aber sie ist ein zähes Mädchen. Vielleicht ist unser Geisterschiff auch eine Art Zombie, eine Untote, die nicht mehr draufgehen kann, weil sie schon einmal gesunken ist.

Geisterschiffen sagt man auch nach, sie führen gegen den Wind. Mali

Die Brecher haben Teile der Reling zerschlagen, der Fockmast steht schief und der vordere Teil des Klüverbaumes ist gebrochen. Taue sind gerissen, Spieren gesplittert und das Dach des vorderen Kajüthauses hat der Wind abgedeckt. Die Lecks in den Mannschaftsquartieren können wir erst abdichten, wenn wir das eingedrungene Wasser mit Eimerketten abgeschöpft haben. Aber dafür müssen wir uns zunächst von unseren eigenen Blessuren erholen.

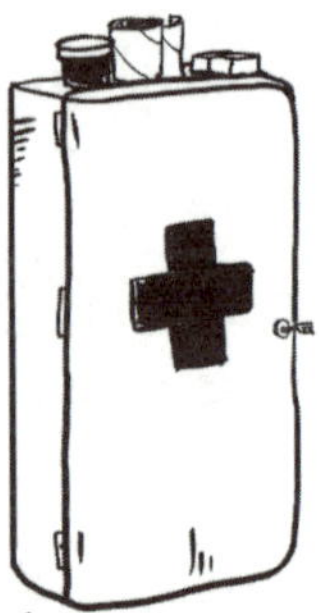

Wenn unsere üblichen Verdächtigen fertig sind, müsste ich da heute auch mal ran! Chris

ICH AUCH!! MAX

Louisa

Ich wünschte, ich könnte sagen, dass der Sturm mich von meiner Seekrankheit kuriert hat. Dass ich Leos Gematsche heute ausnahmsweise bei mir behalte, liegt jedoch daran, dass der Morgen danach ein schlechter Witz ist. Der Himmel ist wolkenleer und schimmert im schönsten Azurblau, die Sonne strahlt und das Meer ist spiegelglatt. Kein Lüftchen regt sich. Die Segel, die uns geblieben sind, hängen schlaff von den Masten.

Die Mannschaft sieht nicht besser aus als das

Schiff. Schnitt- und Platzwunden, blaue Flecken und Splitter, wohin man schaut.

»Aua, Vorsicht!«, jammert Arnie, als ich seinen ausgekugelten Arm in eine Schlinge lege.

»Sei keine Memme und genieß die Sonne, Sunnyboy«, witzelt Chris mit zusammengebissenen Zähnen, während Paul ihm eine Wunde über der Augenbraue näht. »Ist etwas anderes als dein Solarium, oder?«

»Die Sonne scheint dir gleich aus dem ... aaahh –« Arnies Antwort geht in einem Schmerzensschrei unter, als ich seine Schulter mit einem Ruck einrenke.

DU WOLLTEST "ARSCH" SAGEN ODER? MAX

.... Danke Ja! ARNIE

Leo

Selbst einen Tag und eine Nacht später hält die Flaute an. Es ist kurz vor Morgengrauen.

»Wir müssen weiter«, sagt Mali, die nach wie vor keine Lust hat, über den Piratenangriff zu reden.

Chris und Hanna sitzen auf dem Schreibtisch Herrn Deterings und schauen mich erwartungsvoll an, weil ich das Treffen einberufen habe.

»Ja, genau, wir müssen weiter«, sammle ich mich, »wir haben für jeden noch einen halben Liter Trinkwasser plus einen Liter Regenwasser, ein Bounty, zwei Ü-Eier und fünf Smarties.«

»Wenigstens sterben wir nicht an Unterzuckerung«, scherzt Chris, aber Hanna runzelt die Stirn und schlägt ihm heftig in die Rippen.

»Was machen wir, wenn kein Wind aufkommt?«

»Wir könnten rudern.« Mali klingt selbst nicht sehr überzeugt. »Wir haben noch eine Signalrakete im Hellgatt gefunden. Wenn wir ein Schiff am Horizont sehen, wäre es einen Versuch wert. Vielleicht kriegt Valle auch endlich das Funkgerät hin. Er ist zuversichtlich.«

»Wenn er nicht als Erster verhungert«, sage ich.

»Dann war's das also?«, fragt Chris grimmig. »Wir liefern die Lehrer und unsere Familien den Erpressern aus?«

»Vielleicht haben wir ja ein zweites Mal Glück und der Wind kommt rechtzeitig zurück«, überlege ich.

»Oder wir krepieren und uns kann alles egal sein«, grummelt Mali.

Wir klettern zurück an Deck und erstarren, als der Scheinwerfer des kleinen grauen Trawlers wie Saurons Auge aufflammt.

Chris

Ich kann den Stift kaum noch halten. Meine Finger sind taub, meine Arme tonnenschwer und jeder Muskel brennt wie glühende Kohle. Malis Kommandos haben an Kraft verloren. Die Piraten kommen unaufhaltsam näher.

Seit zwölf Stunden wechseln wir uns an den acht Riemen ab. Das Holz ist rutschig von Schweiß, Blut und gerissenen Schwielen. Wenigstens werden es

Erschöpfung, Hunger oder Durst sein, die uns umbringen. Denn diese Genugtuung gönnen wir den Piraten nicht. Der Durst ist jetzt schon schrecklich und wir haben kaum noch Wasser.

Waren sie heute Morgen noch eine Seemeile entfernt, sind es jetzt – bei einsetzender Dämmerung – kaum noch hundert Meter. Die Piraten stehen an Deck, ein Dutzend schwarze Männer mit Waffen in den Händen. Sie sind sich sicher, uns spätestens in der Nacht zu erwischen, das kann man in ihren Gesichtern ablesen. Valle vermutet, dass der Blitzeinschlag nur den Hauptantrieb ihres Trawlers beschädigt hat. Das Surren des kleinen Hilfsmotors klingt wie ein Schwarm Hornissen. Wir sind die Beute, unendlich müde Beute.

Ironie des Schicksals einen Monat Regen und dann verdursten wir. Judith ♡

Paul, Max, Leo und Mali rudern an Backbord, Arnie, Hanna und die Zwillinge an Steuerbord. Wir anderen müssen durchschnaufen, irgendwie zu Kräften kommen. Arnie paddelt ohne Unterbrechung, seine lädierte Schulter ist tiefblau angelaufen. Er spricht kein Wort, seine zusammengepressten Zähne knirschen.

Die Fs können Malis Takt nicht halten. Ihre sonst so blassen Gesichter glühen, aber sie geben nicht auf. Paul sinkt, von Hustenkrämpfen geschüttelt, auf die Knie. Ich bin wieder dran.

»Da!« Erst halte ich Louisas heiseren Ausruf für einen Schmerzenslaut. »Das Wasser kräuselt sich.«

↑ Arnies Schweiß

Wo Gischt ist, ist auch Wind, denke ich mit neuer Kraft. Hoffnung keimt in mir auf.

Ich kneife die Augen zusammen. Tatsächlich glänzt das Meer im Abendlicht fast unnatürlich weiß. *Was ist das?* Enttäuschung und das schwarze Loch schmerzen in meinem Magen. »Das ist *keine* Gischt«, ächze ich und fasse einen verzweifelten Entschluss.

Max

Wenn du unter einem riesigen Scheinwerfer sitzt, der dir den Arsch ansengt, ist es nicht wirklich Nacht. Trotzdem haben wir nach Einbruch der Dunkelheit bessere Chancen … sagt Chris. Bei seinen Belehrungen über die gewaltigen Müllstrudel in den Ozeanen klingt er fast wie Detering. Noch habe ich nicht kapiert, warum wir mitten in die Pampe gesteuert haben, in der wir noch langsamer vorankommen, aber mittlerweile ist mir eh alles egal. Mali, Arnie, Chris und ich kauern am Bug, während die anderen kraftlos an den Riemen lehnen. Mehr ist nicht mehr drin.

»Wir sind am Ende«, flüstert Mali. »Der verklebte Motor wird die Drecksäcke nicht ewig aufhalten.«

»Das ist auch nicht der Plan«, wispert Chris.

Überall Plastik*... Wohin man schaut, alles voll von dem Zeug ... Chris

*Auch wenn ich kurz davor bin das Zeug zu essen. Leo

Arnie

Das ist tierisch eklig. Die zähe Plastikpampe bleibt

überall kleben. Wenigstens kühlt das Wasser meine geschwollene Schulter.

Mali schwimmt wie ein Fisch, Chris wie ein Aal und Max wie ein Toaster. Zum Glück gibt uns das kleine Floß aus Leos leeren Wasserkanistern guten Auftrieb. Und langsam müssen wir ja eh machen. Die Müllschicht gibt uns Deckung, aber der Scheinwerfer könnte uns trotzdem einfangen, wenn wir unvorsichtig sind.

so in etwa?

Haargenau so...
ARNIE

Ich will gar nicht darüber nachdenken, was gerade im Wasser unter uns abgeht. Plötzlich streift etwas Kaltes, Glitschiges unsere nackten Beine und ich halte die Luft an. Max kreischt wie ein Mädchen, bevor Mali ihm das Maul stopfen kann. Sofort jagt der Scheinwerfer in unsere Richtung. Ich tauche instinktiv unter und ziehe Chris mit mir.

Einen Meter über uns scheint das Meer in Flammen aufzugehen, als das gleißende Licht zum Stehen kommt. Wir verharren knapp unterhalb der Oberfläche in einer Blase aus flüssigem Licht. Umso dunkler wirken die Fluten um uns herum. Mali erscheint als Schemen neben uns. Sie hält Max fest im Griff. Er hatte offenbar keine Zeit, Atem zu holen. Seine letzten Luftblasen entweichen. Der Iro tanzt wie die Flosse eines bunten Fisches. Strampelnd versucht er, sich zu befreien, nach Luft zu schnappen. Aber Mali hält ihn mit Armen und Beinen umschlungen. Die Augen aufgerissen, kämpft er um sein Leben, aber das Licht erlischt nicht. Ich sehe, wie Malis Sehnen zum Zerreißen gespannt sind. Max zuckt unkontrolliert, sein Körper gehorcht ihm nicht mehr. Chris will ihm helfen, doch ich halte ihn zurück. Wenn sie jetzt auftauchen, sind wir alle tot.

Dann schießt Mali mit einem kräftigen Beinschlag nach oben.

Die Aktion war mehr als nur knapp Leute! Ein paar Sekunden länger und Max hätte bei den Fischen schlafen können ... Chris

WOHL EHER BEI DEN HAIEN!! ECHT NICHT COOL DAS GANZE! ECHT NICHT COOL! MAX

Chris

Im letzten Moment zuckt der Lichtstrahl in eine andere Richtung. Max schnappt nach Luft und strampelt, bis das Wasser schäumt. Er bringt kein Wort heraus. Den Schmerz in seinen Lungen hört man trotzdem.

Er hat Mali von Anfang an, als sie sich im Krähennest getroffen haben, gemocht, aber in diesem Augenblick ist etwas zwischen ihnen zerbrochen. Ich weiß nicht, was geschehen wäre, wenn der Scheinwerfer nicht weitergezogen wäre. Hätte sie Max ertrinken lassen? Um uns alle zu retten? Dann wäre sie wohl genauso verloren gewesen wie er.

Arnie kehrt mit dem entkräfteten Max im Schlepptau um. Mali und ich nähern uns dem Piratenschiff. Wir schwimmen einen großen Bogen.

An Deck ist niemand zu sehen außer dem Typ vorn am Scheinwerfer. Sie wissen, dass wir ihnen nicht entkommen können. Zum Glück entdecken wir in der Mitte der Außenwand eine Leiter und machen uns leise an den Aufstieg. In meinen Badeshorts fühle ich mich nicht gerade wie ein *Navy Seal.*

»Geh du zum Motor«, flüstert Mali und zückt ihr Messer.

»Was hast du vor?«

»Nach Vorräten Ausschau halten.«

»Wir wollten doch zusammenbleiben?«, wispere ich.

»Jetzt sind wir aber nur noch zu zweit«, überzeugt sie mich, »wir müssen Zeit sparen.«

Ich nicke und schleiche nach hinten.

Aus der Nähe betrachtet, wirkt der Trawler wie ein schwimmender Schrotthaufen. Hanna hat uns von den miserablen Lebensbedingungen in Somalia und den anderen Ländern am Horn von Afrika erzählt. Ausufernde Armut, Wasserknappheit, Dürren. Das meiste, was dort angebaut wird, geht billig in die Erste Welt, und für die einheimische Bevölkerung bleibt nichts mehr übrig. Deshalb verlegen sich viele Männer auf die Seeräuberei. Erscheint mir fast fair, aber wir sind echt die Falschen.*

Zum Glück begegnet mir niemand. Der kleine Außenbordmotor steht still, die verklebte Antriebsschraube ist hochgeklappt. Ich nutze in aller Eile mein technisches Genie, klappe die Abdeckung hoch und reiße irgendwelche Kabel und Kleinteile heraus. Nachdem ich alles ins Wasser geworfen habe, kehre ich um.

Am Treffpunkt stehen mehrere kleine Wasser-

↖ Deren Motto ist übrigens: „The only easy day was yesterday." Was so viel heißt wie: Morgen gibt's auf die Fresse!
ARNIE

Nicht ganz ... aber wir lassen das jetzt mal einfach so stehen.
Hanna

* Das kannst du laut sagen!
Mali

tonnen, eine vollgepackte Kiste mit Konserven und ein Sack Getreide. Nur von Mali fehlt jede Spur.

Ich blicke am Schiffsaufbau vorbei und sehe eine angelehnte Tür. Mit klopfendem Herzen pirsche ich näher und lausche. Nichts zu hören. Leise öffne ich sie, Zentimeter für Zentimeter, bis ich hineinspähen kann.

Es handelt sich um eine Art Lagerraum mit vorwiegend leeren Metallregalen. Weiter hinten – ich halte den Atem an – befinden sich einige Kojen. Alle unbemannt bis auf eine. Darin schläft ein junger Mann … oder eher ein Jugendlicher. Er ist bestimmt nicht viel älter als wir.

Die dunkle Haut ist ölverschmiert, sein Gesicht von Narben entstellt. Seine Kleidung besteht aus Lumpen, zugedeckt ist er nur mit einem rostigen Gewehr. Irgendjemand oder irgendetwas hat vor fünfzehn Jahren entschieden, dass *er* in einem der ärmsten Länder der Welt geboren wird und *ich* ein Leben in einer Designervilla mit Wohnlandschaft und begehbaren Kleiderschränken führen darf. Die Welt ist verdammt ungerecht!

So sehen also moderne Piraten aus.
Lukas

Ich will mich gerade abwenden und weiter nach Mali suchen, als ich sie im Schatten neben der Koje entdecke. In der Hand hält sie ihr Messer und blickt auf den Schlafenden hinab. Die Fingerknochen treten weiß hervor. Im Dämmerlicht der Schiffslaterne läuft eine Träne ihre Wange hinab.

»Mali«, zische ich, »was machst du denn da?«

Die Spitze des Messers zeigt nach unten, als sie ihre Faust über das Gesicht des Piraten hebt.

»Verdammt, Mali!«, presse ich viel zu laut hervor.

Sie zuckt zusammen. Als sie mich sieht, wischt sie sich mit dem linken Handrücken über das Gesicht und schaut mich eine kleine Ewigkeit an.

Ich winke sie energisch zu mir. Zögernd lässt sie das Messer sinken und folgt mir endlich aus dem Raum.

Die Vorräte stopfe ich in die mitgebrachten Müllsäcke und binde diese an die Plastikkanister. Wie Eisbrecher im Packeis nähern wir uns durch den Müllstrudel unserem Schiff. Der Wind trägt den typischen Teergeruch der *Marie* zu uns.

Wind? Endlich!

Wir schauen uns an. Ich lächle. Mali nicht.

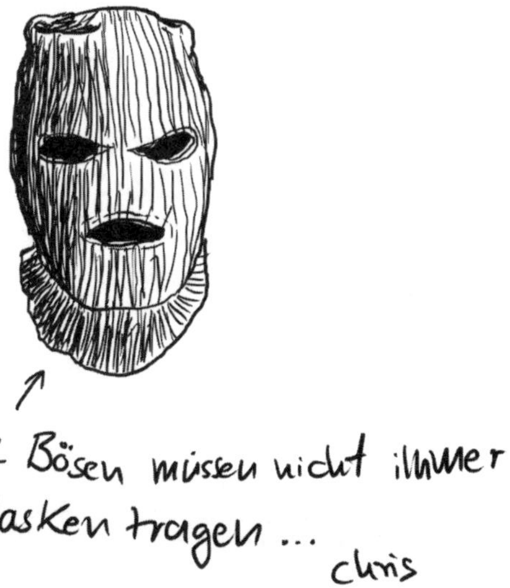

– 6 –

ATLANTIS SEHEN UND STERBEN

10. August
Meerenge Bab al-Mandeb, N 12° 37′, O 43° 21′
38 °C, Glutofen
SO 4, leicht bewegte See

Freya + Finja

Vielleicht lügt Mali uns auch an. Um uns aufzumuntern, uns davon zu überzeugen, dass es noch Leben jenseits dieser Planken gibt. In der Meerenge können wir zu beiden Seiten blasses Land sehen. Dschibuti und Eritrea an Backbord, Jemen an Steuerbord. Afrika und Asien so nah – und doch so fern. Vor wenigen Wochen hätten wir keinen Gedanken daran verschwendet, wie es außerhalb unseres Ankleidezimmers auf der Welt zugeht. Heute ist das anders, doch wir könnten unsere Familien verlieren, wenn wir auch nur einen Fuß an Land setzen.

Keine Ahnung, warum die Erpresser glauben, der Weg zur Polizei sei unser erster Gedanke, wenn wir irgendwo anlegen. Wir zwei halten eine Dusche für die bessere Wahl. Selbst wenn das Wasser kalt wäre und die Dusche im letzten Hinterhof läge, Hauptsache Wasser und Seife! Unsere Haare sind fettig und verfilzt, die Haut ist rau von Sonne und Wind, die Kleider sind ausgebleicht, dreckstarr und blutbeschmiert, unsere Köpfe leer und müde. Wie zerlumpte Geister spuken wir auf dem Schiff.

Wie Wolken lösen sich die Küstenstreifen am Horizont wieder auf. Und wir haben Angst, ebenfalls zu verschwinden.

Das Einzige was momentan hilft! Chris

SCHLIMMER ALS DIE ACHSELHAARE VOM SCHMEIS... MAX

Leo

Gott, ich schwitze mich tot! In der Kombüse herrschen eine Million Grad, an Deck dank des Windes wenigstens nur eine halbe Million. Ich sortiere die Konserven vom Piratenschiff zum zwanzigsten Mal. Es werden nicht mehr. Hauptsächlich Linseneintopf und Tomatensuppe. Toll! Noch toller ist nur, dass die alle seit mindestens einem Jahr abgelaufen sind. Aber das stört eigentlich keinen hier. Ich meine, solche Dosen sind doch für die Zeit nach dem Weltuntergang gemacht. Außerdem ist da sicher nichts Gesundes drin, was schlecht werden könnte.

Wenn wir rationieren, kommen wir vielleicht noch eine Woche damit hin. Dann bleibt nur noch Hirse. Schon wieder!

Die Wasservorräte machen mir noch mehr Sorgen. Seit Tagen hatten wir keinen Regen mehr, der

Schau dich mal an... du siehst aus wie ein Papagei der in einen Ventilator geflogen ist! Freya

Die schwarzen Atomtomaten, aus deren Konzentrat unsere Suppen sind. Chris

unsere Kanister hätte auffüllen können. Waschen ist tabu.

Hanna versucht sich an einer Entsalzungsanlage. Eine Schüssel Salzwasser, eine Lupe und Frau Langers Brille als Brenngläser zum Erhitzen, ein Spiegel, an dem das verdunstete Wasser in Tropfen in eine zweite Schüssel rinnt.*

*Funktioniert auch, dauert nur ewig und schmeckt scheiße. ARNIE

Memo an mich: Arnie darf als Erster verdursten. Hanna

Irgendwie habe ich das Gefühl, dass sich alles ändern würde, wenn wir die beiden Metallkisten mit den Zahlenschlössern im Frachtraum aufbekämen.

Valle

Die Nachricht kam diesmal mitten in der Nacht. Weil es unter Deck so heiß war, schlief ich seit ein paar Tagen im Funkhaus. Außerdem wollte ich keine Nachricht verpassen.

1763295 – DIE KISTE IST FÜR EUCH – 4728962 – DIESE KISTE BRINGT IHR VOLLSTÄNDIG AN DEN STRAND VON MANOLÁS – FEHLT ETWAS, WERDEN WIR DAS ERFAHREN – DEADLINE 31. AUGUST – KEINE POLIZEI, KEIN KONTAKT – FUNKRAUM UND WLAN WERDEN ÜBERWACHT – VIELE LEBEN STEHEN AUF DEM SPIEL

»Laut Karte ist Manolás die einzige bemerkenswerte Siedlung auf Thirassia, der nordwestlichsten Insel des Santorin-Archipels«, sagt Hanna erstaunlich munter, dabei habe ich sie, Chris und Mali eben erst geweckt.

»Noch zwanzig Tage bis zum Monatsende«, ergänzt Mali, »das wird knapp.«

Chris runzelt die Stirn. »Und wenn in der Kiste wieder eine Bombe ist?«

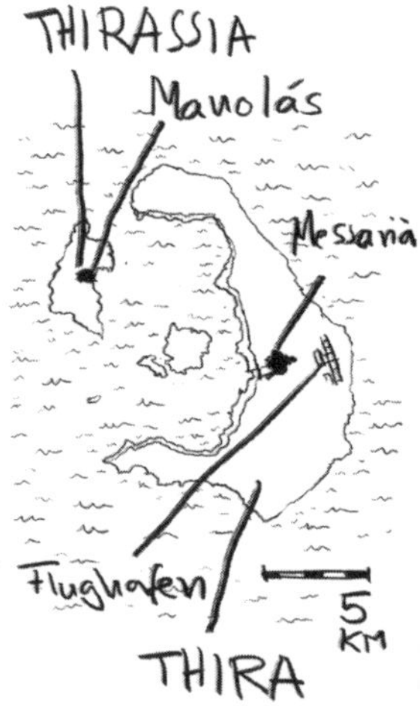

Max

Der Frachtraum ist mein Revier, habe ihn schließlich mit genügend Schlafsabber markiert. Also darf ich auch die Codes eingeben.

»Selbst ein kleiner Atomsprengkopf würde an einem Strand nicht viel anrichten«, murmle ich und kaue auf den Spitzen meines schlappen Iros herum. »Wenn die wieder etwas kaputt machen wollten, hätten sie ein anderes Ziel gewählt.«

Die anderen stehen ungeduldig hinter mir.

Ich höre förmlich, wie Arnie die Fäuste ballt.

»Voilà! Schon beim siebten Versuch.«

Behutsam öffne ich den schweren Metalldeckel der Kiste, die wir abliefern sollen. Kalter Nebel wabert durch den Spalt und erfüllt erfrischend den stickigen Raum.

»Eine Kühltruhe«, bemerke ich superclever.

Wir stecken unsere Köpfe darüber und wedeln den Nebel beiseite.

»Wasser?«, stellt Paul ungläubig fest und nimmt eine der zwei Dutzend Flaschen mit stillem Markenwasser heraus. »Hm, tatsächlich nur Wasser.«

Wenigstens würdest du bei einer Explosion als Erster draufgehen. Judith

SEHR AUFBAUEND, DANKE ... MAX

Arnie stößt mich zur Seite und kniet sich hin. »Die zweite Kiste ist für uns. Endlich muss ich nicht mehr Hannas Salzbrühe saufen.«

»Hey«, empört sich Hanna. Aber Arnie ist schon damit beschäftigt, den Code einzugeben.

Auch ich kann es kaum erwarten, mal wieder etwas Richtiges zu trinken. Und dann noch eiskalt. Das Wasser vom Piratenschiff schmeckte irgendwie verdächtig nach Benzin.

Als Arnie den zweiten Deckel anhebt, werden unsere Augen immer größer und unsere Kehlen immer trockener. Kein kalter Nebel.

»Vielleicht ist die Kühlung kaputt?«, sage ich. Egal. Wasser wird nicht schlecht.

Arnie macht einen Schritt zurück.

Ich drängle mich an ihm vorbei und schaue hinein.

DIE KISTE IST FÜR EUCH, hallt es durch meinen schlagartig leeren Schädel.

Chris ist ein verfluchter Wahrsager.

Chris

»Möglicherweise ist da etwas anderes drin?«, versuche ich mich erfolglos an Optimismus, als nur noch Mali, Hanna und ich im Frachtraum stehen und auf den Bombenkoffer starren.

»Der sieht genauso aus wie der andere und ist genauso schwer«, seufzt Hanna.

»Die wollen uns einfach klarmachen, dass sie

uns in der Hand haben. Das Rote Meer ist stark befahren und der Sueskanal erst recht. Wahrscheinlich befürchten die Erpresser, wir könnten einen anderen Weg finden, Hilfe zu holen. Vielleicht über Licht- oder Flaggenzeichen.«

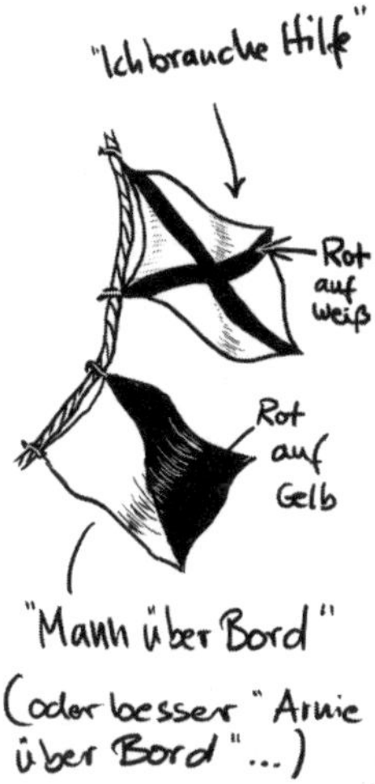

»Ihr wisst, dass Arnie wegwill?«, werfe ich in die Runde.

»Wir können ihn nicht aufhalten«, sagt Mali kühl. »Wenn er schwimmen will, soll er schwimmen. Das Beiboot bekommt er aber nicht.«

Louisa

Arnie steht mit dem Rücken zu mir und stopft wütend seine Sachen in einen Rucksack. Die anderen haben den Schlafraum schon vor ein paar Minuten verlassen.

Bitte bleib! Die Worte finden ihren Weg nicht über meine Lippen.

Du bist ja richtig sentimental.
Mali

»Du bist ein verfluchter Idiot«, sage ich stattdessen.

Er hält inne, dreht sich nicht um. »Vielleicht bin ich das, aber ihr toppt mich alle. Wenn ich ehrlich sein soll, sind mir die ganzen Schlappschwänze hier auf dem Schiff tierisch latte.«

Ach halt doch deine Klappe!
Louisa

»Und deine Familie? Wenn du gehst, werden sich die Erpresser an ihr rächen.«

Er packt weiter. »Meinetwegen. Mein Vater ist mit der Hälfte unseres Bankkontos abgehauen, als ich klein war. Ich kenne den Kerl nicht. Und die fünf Bodyguards meiner Mutter begleiten sie sogar bis aufs Klo.«

Und was ist mit mir?

Arnie dreht sich um und schaut mich seltsam an. Habe ich das laut gesagt?

»Ich weiß, dass du nicht wegkannst«, sagt er plötzlich sanft, »seinetwegen.«

Ich folge seinem Blick bis zu meiner Hand und stecke das zerknickte Foto in die Hosentasche. Noch mehr, als zu heulen, hasse ich es, vor anderen zu heulen.

»Sieht aus wie ein cooler Typ«, brummt Arnie unbeholfen, »scheint zu trainieren. Dein Freund, oder?«

NA WIRD HIER ETWA JEMAND EIFERSÜCHTIG?
MAX

Ich nicke.

»O.k.« Mit dem Rucksack über der Schulter drängt Arnie sich an mir vorbei. »Ich wünsche euch beiden alles Gute.«

Schmanzell!!
ARNIE

»Er ist vor einem Jahr bei einem Autounfall gestorben«, platzt es aus mir heraus. »Die wollen mich warnen, dass so etwas wieder passieren kann – mit Menschen, die mir etwas bedeuten.«

Chris

Jedes Mal, wenn man glaubt, es geht nicht mehr, kommt von irgendwo ein Tiefschlag her. Oder eben eine Bombe.

Lukas und ich sitzen auf dem Dach des Funkhauses. Wie damals, als ich Herrn Deterings Reden über verschmutzte Flüsse noch für das Ätzendste gehalten habe, was mir passieren könnte.

Während wir schweigend den Spielzeugfrachtern am Horizont zuschauen, geht die Sonne unter. Hanna und Mali brüten auf der Brücke über den Karten. Max und Mia lassen ihre Beine im Takt eines leisen Lieds von der Fockmars baumeln und die anderen haben sich auf die Kajüten verteilt. Unter uns knistert das Funkgerät.

»Ich weiß nicht, wie wir das alles überstehen sollen«, sage ich halblaut in die Nacht.

»Arnie zumindest bleibt. Vorerst«, versucht Lukas mich aufzumuntern.

»Die Sache in Dhaka und das mit Frau Langer ... So etwas frisst einen von innen auf. Und dass wir nicht wissen, was mit unseren Familien ist, kommt noch obendrauf. Von der Bombe unter unseren Hintern will ich gar nicht erst anfangen.«

»Wir könnten versuchen, sie zu entschärfen«, grübelt Lukas, »aber der Einzige, dem ich so etwas zutraue, ist Valle, und der glaubt nicht, dass er das hinkriegt.«

»Kein Wunder, oder? Koffer und Kiste sind verkabelt und mit verdrahteten Schrauben am Boden festgemacht. Das geht vermutlich alles hoch, wenn wir irgendetwas unternehmen.«

Lukas schweigt, aber ich sehe, dass ihm etwas auf dem Herzen liegt. Ich stoße ihn leicht in die Rippen.

»Weißt du«, zögert er, »die letzte Nachricht der

Wenn dich das aufmuntert, hätte ich mich wohl besser verpisst. ARNIE

Jetzt komm aber mal wieder runter Arnie! Wir müssen hier jetzt zusammen durch! Leo

Also die hier hätte ich auch entschärfen können ... Chris

Erpresser hat mich stutzig gemacht. Ich frage mich, warum sie ausgerechnet jetzt darauf hinweisen, dass sie Funk und WLAN überwachen. Ich meine, woher wissen die, dass Valle am Funkgerät arbeitet und dass er einen Laptop an Bord geschmuggelt hat? Das spielt sich alles unter Deck ab. Selbst mit einer Drohne könnten sie das nicht sehen.«

Ich stutze. »Worauf willst du hinaus?«

Lukas druckst herum, ohne etwas zu sagen.

Ich schalte in den Durchblicker-Modus. »Glaubst du etwa, wir haben einen Spitzel an Bord?«

NA TOLL, JETZT AUCH NOCH EINE VERRÄTERSAU AN BORD! MAX

Lukas schweigt, aber der Gedanke brennt sich unauslöschlich in mein Hirn. Insgeheim hatte ich schon früher darüber nachgedacht, die Möglichkeit aber immer wieder verworfen.

»Die wussten auch genau, wann ich allein Wache gehalten habe. Und dann haben sie Frau Langer an Bord gebracht. So richtig kann ich mir nicht erklären, warum ich in der Nacht so tierisch müde gewesen bin. Ich hatte tagsüber sogar ein bisschen gepennt.«

»Vielleicht hat dir einer etwas ins Essen gemischt?« Meine grauen Zellen fangen Feuer. Leo? Immerhin kümmert er sich ganz allein ums Essen? Paul, Louisa? Die beiden kennen sich mit Medikamenten am besten aus.

Als ich darüber nachzudenken beginne, rückt auf einmal fast jeder in ein seltsames Licht.

Arnie ist die ganze Zeit ein Querkopf und

wollte eben noch abhauen. Max hielt sich die ganze Zeit im Frachtraum auf, als wolle er die Kisten beschützen, und Mia ist fast *zu* unscheinbar. Mali hat etwas Psychopathisches an sich und Judith hat Frau Langer gefunden. Über Hanna will ich einfach nicht nachdenken, aber sie weiß schon verdammt viel.

Leute, hört auf, euch gegenseitig zu verdächtigen! Das ist doch, was die wollen.
Mali

Ich presse meine Handflächen auf die Augen, bis ich nur noch Sterne sehe und das Rauschen in meinem Kopf alles übertönt.

»Wenn wir aber ehrlich sind«, sagt Lukas ganz ruhig, »dann gibt es eigentlich nur einen an Bord, der von Anfang an richtig seltsam war.«

»Valle«, spreche ich aus, was wir beide denken. Ich deute nach unten. »Was ist, wenn seine komischen Selbstgespräche in der Funkbude gar keine Selbstgespräche sind?« Mich schaudert es. »Und die Geräusche. Was, wenn er nicht allein ist und wir die ganze Zeit einen blinden Passagier mit an Bord haben?«

Leo

»Das würde auch erklären, warum er immer dünner wird«, flüstere ich, »für zwei ist eine rationierte Portion natürlich viel zu wenig.«

Die meisten schlafen bereits. Auch Mia und Max sind mittlerweile nach unten gegangen.

Wir wollen keine Panik auslösen, also schleichen nur Lukas, Chris und ich mit Küchenmessern bewaffnet zum Funkhaus. Um Öl zu sparen, flackert eine einsame Sturmlaterne an Deck und wirft unsere langen Schatten ans mittlere Kajüthaus.

Wir stellen uns neben die Tür und lauschen. Von drinnen ist Valles Stimme zu hören. So leise und seltsam verstellt, dass wir nicht verstehen, was er sagt. Nur einen Namen wiederholt er immer wieder. *Herr Schmitz*.

Der Mistkerl erschien mir von Anfang an suspekt.
ARNIE

Ich schlucke schwer, lehne mich gegen die knirschende Wand. Valles Stimme erstirbt.

Mist, zu laut.

Innen hektisches Treiben. Außen werden die Messer fest umgriffen. Chris nickt. Lukas reißt die Tür auf. Wir stürmen hinein.

Leo kann damit nicht nur Hirse hacken...
chris

Valle sitzt auf dem Stuhl vor dem Funkgerät und ist bleich vor Schreck. Hilflos hebt er die Arme, als Chris ihm das Fleischermesser unter die Nase hält.

»Was geht hier vor?«, raunt Chris bedrohlich. »Was versteckst du?« Seine Hand zittert vor Anspannung. Die Klinge kreist vor Valles entsetztem Gesicht.

»Ich ... ich wollte das nicht«, stammelt Valle kleinlaut.

»Was wolltest du nicht?«, setzt Chris nach. »Uns alle ins Unglück stürzen?« Seine Stimme bebt. »Die Entführungen, der Anschlag, Frau Langer, Hunger, Durst, Tod ...«

Ich lege meine Hand auf seinen Arm.

»Aber ich ...« Eine Träne läuft über Valles

Wange, in die sich die Klinge drückt. Ein dünner Blutfaden folgt ihr. »Ich … ich wusste nicht, dass Herr Schmitz so viel Unglück bringt.«

»Wo ist er?«, frage ich nervös und schaue mich in dem winzigen Raum um.

Valle schaut, ohne seinen Kopf zu bewegen, nach unten. Lukas und ich springen zur Seite.

»Unter den Planken?«, fragt Lukas ungläubig.

»Aufmachen!«, befiehlt Chris. Er lässt Valle los und bedeutet uns, ihn mit gesenkten Messern zu umstellen. Ist dieser Schmitz ein Terrorist, ein Wahnsinniger? Ist er bewaffnet, gefährlich?

Ihr seid doch alle total verrückt geworden!
Louisa

Wir sind nur zu dritt plus Valle. Wenn er eine Pistole bei sich trägt, sind wir geliefert.

Valle kniet sich hin und löst mit den Fingernägeln eine Planke. Ich zittere, Schweiß bricht mir aus. Ich habe mit einem Küchenmesser noch nie etwas anderes bearbeitet als Essen. Scheiße!

Valle greift nach unten, und – so peinlich das auch ist – ich halt's nicht mehr aus und schreie wie bekloppt. Plötzlich springt etwas aus dem Loch hervor. Schwarz, schnell … und kuschelig.

»Das ist Herr Schmitz«, sagt Valle mit liebevoller Stimme zu dem Ding, das sich in seinen Schoß kauert.

Wir lassen unsere Messer sinken, als alle Anspannung von uns abfällt. Herr Schmitz ist der verdammt noch mal süßeste Kater, den ich je gesehen habe. Kohlrabenschwarz mit einem weißen Bärtchen, vielleicht ein halbes Jahr alt und noch etwas tapsig. Mit viel zu großen Ohren.

»Ein Kater, ernsthaft?«, entfährt es Chris.

»Ich wusste doch nicht, dass Katzen auf Schiffen Unglück bringen!«, schluchzt Valle. »Im Prospekt stand: *Keine Tiere,* aber ich konnte mich einfach nicht von ihm trennen. Also habe ich ihn aufs Schiff geschmuggelt. Es tut mir so, so leid.«

Valle kauert mit Herrn Schmitz, der gar nicht versteht, was gerade passiert, auf dem Boden.

»Du bist ein Trottel, Valle!«, sagt Chris und lässt sich auf den Stuhl sinken. »Frauen bringen Unglück an Bord, und so ziemlich alles andere auch. Aber ausgerechnet Katzen gelten als Glücksbringer.«

»Echt?«, fragt Valle ungläubig.

»Klar doch. Frag Mali, die redet den ganzen Tag von so etwas. Wenn du hier mal rauskommen würdest, wüsstest du das auch.«

»Oh«, sagt er entschuldigend und noch einmal: »Oh«, als er sich durchs Gesicht wischt und seine blutverschmierte Hand sieht.

»Tut mir leid!« Chris klingt ziemlich reuig und steht auf. »Ich hole Paul oder Louisa. Die sollen sich das angucken. Wenn einer fragt: Das war der Kater. O.k.?« Nachdrücklich ergänzt er in meine und in Lukas' Richtung: »Und wir vergessen die ganze Verräter-Sache. Die Erpresser wollen uns verunsichern, gegeneinander aufbringen. Wahrscheinlich sind ihre

Man möge 200% "Cuteness"-Süße dazu rechnen! ↓

Einer bekloppter als der Andere!
ARNIE

Und du der König der Bekloppten ...

Jetzt drehen bald alle durch hier! Lukas

Drohnen – oder was auch immer – einfach besser im Informationensammeln, als wir bisher dachten.«

Chris nimmt Valle noch einmal kurz in den Arm, bevor er geht. »Ich mach's wieder gut. Versprochen.«

Valle nickt.

24. August
Bitterseen im Sueskanal, N 30° 19', O 32° 23'
34 °C, wolkenlos, leichte Brise
S3, schwach bewegte See

Mali

Herr Schmitz und Störtebeker verstehen sich überraschend gut. Wie sie sich gegenseitig ärgern und jagen, ist das einzig Erfreuliche an Bord. Täglich zwei Löffel Getreidebrei und ein Glas Wasser, das ist zu wenig zum Leben, aber zu viel zum Sterben. Jeden Tropfen, den Hannas Entsalzungsapparat ausspuckt, würden wir bejubeln, wenn wir noch die Kraft dazu hätten.

Chris hockt Tag und Nacht vor der Kühltruhe, um die Wasserflaschen zu hüten. Die Anweisung ist eindeutig, kein Tropfen darf fehlen. Ich fürchte mich vor dem Tag, an dem Arnie sich dazu entschließt, darauf zu scheißen. Oder ich.

Ich glaube, das hier ist der erste Eintrag seit knapp zwei Wochen. Ich müsste wahrscheinlich nur zurückblättern, um herauszufinden, warum

Unser "Heiliger Gral"! Ich hoffe, ich halte der Versuchung stand... Chris

WIR MÜSSTEN MAL KOSTEN. VIELLEICHT IST DAS WASSER JA VERDORBEN. ICH MELDE MICH FREIWILLIG! MAX

Wehe! Mali

sich Chris verändert hat. Er meidet unsere Gesellschaft, mit Ausnahme von Lukas. Vor allem Valle scheint er aus dem Weg zu gehen. Und das liegt nicht an der Sonne, die unsere Hirne austrocknet. Ich weiß nur zu gut, dass manche Geheimnisse besser ungelüftet bleiben.

Aus seemännischer Sicht verläuft die Fahrt durch das Rote Meer ereignislos – wenn man von den beiden Beinahezusammenstößen mit Frachtern absieht, die – zehnmal so groß wie die *Marie* – uns einfach übersehen hatten. Segelschiffe sind heutzutage schlicht die Ausnahme.

Ich weiß nicht, wer uns erpresst, aber derjenige oder diejenigen müssen das lange und sorgfältig geplant haben. Irgendjemand hatte bereits die extrem hohen Gebühren bezahlt, als wir in den Sueskanal einfuhren, und warten mussten wir auch nicht lange, sondern wurden an vielen Schiffen vorbeigelotst. Ich vermute, mit Schmiergeld lässt sich heute alles erreichen.

30. August
Santorin-Archipel, N 36° 25', O 25° 21'
32 °C, leicht bewölkt, immer noch kein Regen
NW4, leicht bewegte See

Hanna

Ein leichter Wind wiegt das Beiboot auf dem Weg

zum Strand. Chris und Arnie rudern. Ich schaue zu, wie unser Schiff allmählich mit der Dunkelheit verschmilzt.

Port Said liegt fünf Tage hinter uns. Wir haben es geschafft, Kreta zu umschiffen und vor Ende des Monats auf Santorin einzutreffen.

In welchem Zustand, das ist ein ganz anderes Thema. Freya hat vor zwei Nächten erstmals heftige Symptome einer Dehydrierung gezeigt: Desorientierung und Halluzinationen. Wir haben ihr unsere letzten Wasserreserven gegeben, aber Finja macht sich große Sorgen.

Mir erscheint es so falsch und abgrundtief gemein, eine Truhe voller Wasser im Nirgendwo abzustellen, während wir verdursten. Aber der Preis für einen Schluck wäre einfach zu hoch.

Der Strand besteht aus Steinen und Müll. Spärlich beleuchtete Gebäude zeichnen sich in der Ferne ab. Davor eine Menge Zelte, zwischen denen einsame Gestalten umhergeistern. Ein paar Lagerfeuer, ein weinendes Kind, irgendwo leiser Gesang. Eine sonderbare Stimmung aus Gefahr und Verzweiflung liegt über allem, in jedem Geräusch und jedem Geruch.

Was zum Teufel ist das hier?! etwa eine Knastinsel oder ein Terrorcamp?
Judith♡

Die Jungs laden die Kiste aus. Sie sinkt in den nassen Sand. Dann schwingt sich Arnie zurück ins Boot.

»Komm schon, Chris«, flüsterte ich und winke ihn heran. Ich bin froh, dass er dabei ist und mich ab und zu sogar wieder ansieht.

Hinter den Zelten lodern plötzlich Taschenlampen auf. Hundegebell.

»Wir müssen weg!«, ruft Arnie ungeduldig. Doch Chris wirkt unentschlossen, rennt dann aber zu uns. In der Hand hält er eine Flasche.

Mit Schrecken stelle ich fest, dass sie halb leer ist. »Was hast du getan?«, frage ich entsetzt.

»Ich? Nichts!«, keucht Chris und taucht die Flasche in die Brandung. »Die war vorhin noch voll.« Dunkle Gestalten folgen den Hunden in unsere Richtung.

Hektisch füllt Chris die Flasche auf, dreht sie im Rennen zu und wirft sie auf halbem Weg klappernd in die Kiste.

Warnschüsse peitschen durch die Luft. Zumindest hoffe ich, dass es nur Warnschüsse sind.

Ich glaube ich bin mehr denn je Katzenfreund! Chris

Arnie schiebt das Boot in die Fluten, Chris hechtet hinterher und bekommt den Rand gerade noch zu fassen. Kampfhunde jagen ins Wasser und verfehlen seinen Fuß um wenige Zentimeter. Mit letzter Kraft ziehe ich ihn an Bord. Die beiden rudern um unser Leben.

Als die Fremden die Verfolgung aufgeben, brechen die Jungs keuchend zusammen. Ihr Schweiß vermischt sich mit Wasser. Doch es ist keine Gischt, die aufs Boot prasselt.

Regen, wie haben wir dich vermisst!

\- 7 -

DAS MEER IN UNS

2. September
55 Seemeilen westlich von Kreta,
N 35° 33', O 22° 41'
26 °C, wechselhaft
NO 5–6, grobe See

Paul

Das Schwarz-Weiß-Bild schwankt und zittert nur unwesentlich weniger als das Schiff. Ich sitze allein vor dem Fernseher und trinke mein Regenwasser aus einem Sektglas, das ich in der Kapitänskajüte gefunden habe. Die anderen besaufen sich seit drei Tagen mit der trüben Brühe unter Deck.

Herr Schmitz streift um meine Waden. Nachdem er vermutlich mehrere Mäusegenerationen auf der *Marie* ausgelöscht hat, wirkt selbst er mittlerweile abgemagert. Draußen schreit Störtebeker mit den Windböen um die Wette und gewinnt. Ich drehe den Ton lauter.

Nachher besuche ich Freya noch einmal. Es geht ihr nicht besser. Sie hat hohes Fieber. Finja wechselt die kalten Wickel, sooft es geht. Ich hoffe, das

Antibiotikum schlägt bald an. Sonst weiß ich nicht mehr weiter.

Weil ich nicht so recht weiß, was ich sonst schreiben soll, übersetze ich euch einfach einmal die stotternden Abendnachrichten frei Schnauze.

Wie wir bereits ... häufen sich Augenzeugenberichte über ein angebliches Geisterschiff ... trotz Sperrzone eine größere Menge Trinkwasser ins Flüchtlingslager ... Thirassia geschmuggelt ... Greenpeace oder Amnesty International hinter der Aktion ... unzumutbaren Zustände aufmerksam zu machen. Die griechische Regierung hat auf das weltweite Medienecho reagiert ... Verbesserungen ... der sanitären und medizinischen Versorgung.

Werden wir hier jetzt als "grüne" Terroristen missbraucht?
Louisa

DER EINZIGE ECHTE TERRORIST BIN IMMER NOCH ICH!
MAX

Mann, wir haben ausnahmsweise etwas richtig gemacht! Das geht runter wie Öl. Offenbar sind die Erpresser nicht ausschließlich gewissenlose Schweine, sondern ab und zu einfach nur Schweine.

Nur weil du noch "grün" hinter den Ohren bist ...
Chris

Weiter geht's:

Auch über Asylanträge werde man neu ... Einen Moment ... Eilmeldung!

Reporter berichten, das ganze Lager werde gerade abgeriegelt ... Quarantäne gestellt. Nach ersten Tests ... Ausbruch des Marburg-Virus. Die Infektionskrankheit ist in westlichen Ländern so gut wie unbekannt ... Dritten Welt ... regionalen Epidemien.

»Hey, Paul, was siehst du dir da an?« Hanna und Louisa sind hereingekommen und setzen sich zu mir.

»Gut, dass wir da schnell weggekommen sind. Die kämpfen gerade mit einer Viruserkrankung. Fiese Sache. Guckt mal!«

Laut Weltgesundheitsorganisation und dem Pharmariesen DEBØKON *... Impfstoff nicht serienreif. Die Quelle der Infektion ist bislang unbekannt ... hohes Fieber und innere Blutungen könn...*

Hanna ist aufgesprungen und dreht den Ton ab.

»Hey, ich will das hören«, beschwert sich Louisa, aber sie verstummt sofort, als sie Hannas kreidebleiches Gesicht sieht.

»Holt alle her«, sagt die mit todernster Stimme.

Louisa und ich gucken uns fragend an, als Hanna ergänzt: »Außer den Fs.«

WAS ZUM GEIER IST DEBØKON? HÖRT SICH AN WIE EIN SCHLECHTER SCHNAPS! MAX

Das neue Szene-getränk "Debøkon" Korn mit alter Tennissocke. chris

Hanna

Wieder einmal treffen wir uns mitten in der Nacht wegen eines Problems, das eigentlich viel zu wichtig ist, um von einem Haufen zerlumpter, übermüdeter und ausgehungerter Teenager bequatscht zu werden.

Die Brücke ist rappelvoll. Getuschel.

Der Fernseher flackert stumm vor sich hin und färbt unsere Gesichter in den prächtigen Farben von Schneematsch. Mali steht am Steuer und beobachtet das unruhige Meer.

Ich räuspere mich. »Im Flüchtlingslager auf Thirassia ist eine Infektion ausgebrochen. Das Marburg-Virus.«

»Das wird durch direkten Kontakt übertragen«, ergänzt Paul, »und die Sterblichkeitsrate liegt bei guter Versorgung bei etwa 25 Prozent, sonst höher.«*

*Laut Wikipedia gilt der Virus sogar als biologischer Kampfstoff der höchsten Gefahrenstufe. Hanna

»Scheiße!«, sagt Chris zunächst nur zu sich, dann sieht er mich verzweifelt an. »Sag jetzt nicht, wir haben etwas damit zu tun, Hanna!«

Alle Blicke ruhen auf mir. Ich fühle mich wie eine Schildkröte, die ihren Kopf in den Panzer zurückziehen möchte.

Shit Shit Shit!! Ganz große Scheiße!! Chris

»Nichts für ungut«, mischt sich Arnie ein, »das ist echt Mist für die, aber wir waren gar nicht nah genug dran, um uns anzustecken.«

Ich schließe die Augen und atme tief ein. »Ich glaube, die Wasserflaschen waren mit dem Virus verseucht.« Die Worte peitschen wie Pistolenschüsse durch den kleinen Raum.

»Dafür gibt es keinen Beweis«, sagt Mali schließlich betont ruhig.

Na toll! Vom Samariter zum Satan in nur 3 Seiten!? Klasse! Wirklich echt Klasse! Judith♡

Chris blickt auf. »Eine Flasche war halb leer.«

»Und was soll das beweisen?«, poltert Arnie gereizt.

»Es wäre ein Beweis, wenn derjenige, der daraus getrunken hat, ebenfalls krank geworden ist«, erwidert Hanna.

Wind pfeift durch die offene Tür.

Finja schließt sie hinter sich. »Freya«, flüstert sie.

Chris

»Sie hatte solchen Durst!«, gesteht Finja unter Tränen. »Ich hatte einfach Angst, sie würde es nicht schaffen. Ich habe abgewartet, bis Chris eingeschlafen ist, und habe etwas abgefüllt. Es war doch nur eine halbe Flasche. Ich wusste doch nicht …«

»Schon gut«, sage ich und nehme sie in den Arm. Doch sie reißt sich los.

»Was, wenn ich auch infiziert bin?« Sie presst sich an die Wand. »Kommt mir nicht zu nahe!«

Paul lacht bitter. »Die meisten von uns waren in den letzten drei Tagen mindestens einmal unten bei Freya. Die Übrigen haben dann entweder mit denen Kontakt gehabt oder haben aus denselben Bechern getrunken. Das Schiff ist nicht groß.«

»Soll das heißen, wir sind alle infiziert?«, frage ich.

»Nicht unbedingt. Aber es wäre möglich. Wir sollten Freya isolieren und auf keinen Fall das Schiff verlassen, bevor nicht klar ist, wer sich angesteckt hat und wer nicht.«

Arnie ist kurz davor, etwas kaputt zu machen. Ich bin mir nicht sicher, ob der Tisch, Finja oder Paul dran glauben müssen.

Louisa geht zu ihm, legt ihm die Hand auf die

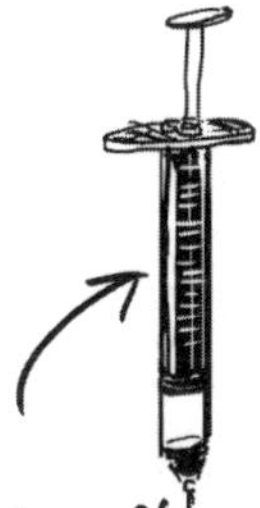

Ein Impfstoff wäre jetzt nicht schlecht! Chris

Ganz so einfach ist das leider nicht Chris. Wobei die Überlebensquote bei guter medizinischer Versorgung durchaus hoch ist. Hanna

Schlamassel ist gut! Das ist die leibhaftige Hölle auf Erden! ARNIE

Brust und wendet sich dann an uns alle: »Ich glaube, ich weiß jetzt, warum wir in diesem Schlamassel stecken.«

Louisa

»Das passt alles zusammen. Dieser Konzern, von dem in den Nachrichten gesprochen wurde – DEBØKON. Mein Vater arbeitet als Immunologe in einer deutschen Niederlassung. Bis vor ein paar Jahren beschäftigte er sich vor allem mit der Entwicklung von Impfstoffen. Ich glaube sogar, es ging um dieses Marburg-Virus.«

Ich setze mich. Einige sitzen bereits, andere lehnen an der Wand und stehen, aber alle hören mir zu.

»Herr Detering war der Leiter dieses Teams, bis DEBØKON den Geldhahn zugedreht hat und die Abteilung geschlossen wurde. Bald darauf kam es zu mehreren Ausbrüchen in Afrika, aber niemand konnte helfen, da die wenigen Reserven des experimentellen Impfstoffs von den reichen Nationen aufgekauft worden waren – für den Fall, dass sie den selbst einmal brauchen sollten. In den Nachrichten kam darüber nichts. Mein Vater war echt sauer.«

Na großartig! Jetzt sind wir der Spielball von irgendwelchen "Ethik-Umwelt-Psychopathen"

»Kein Wunder. Das ist zum Kotzen!«, flucht Judith.

»Jedenfalls glaube ich, die Erpresser haben davon Wind gekriegt. Und jetzt wollen sie auf diese und andere Schweinereien mit Gewalt aufmerksam machen. Deswegen denke ich auch nicht, dass sie

Herrn Detering wieder freilassen werden ... wenn er überhaupt noch lebt.«

Max steht die ungewohnte Grübelei ins Gesicht geschrieben: »Aber er ist doch nur ein kleiner Fisch! Genau wie dein Vater.« Er macht eine entschuldigende Geste: »Nichts für ungut, Louisa.«

»Aber ein Hai wird auch von vielen kleinen Fischen satt und ihr Blut färbt das Meer genauso rot wie das eines großen Fischs*«, philosophiert Hanna. »Meine Mutter ist wissenschaftliche Gutachterin für millionenschwere Kunden. Wenn ich mich recht erinnere, hat sie vor einer Weile einem Impfstoff fehlende Wirkung attestiert, damit der Hersteller aus ein paar Verträgen herauskonnte. Dreimal dürft ihr raten, wer der Hersteller war, und ich schätze, ich weiß jetzt auch, um welchen Impfstoff es sich gehandelt haben könnte.«

Als Nächstes erzählt Max von seinem Vater, der ein hohes Tier in Berlin ist und sich als Politiker für Steuererleichterungen für Konzerne wie DEBØKON starkmacht.

Und so geht es weiter: Valles Eltern sind Immobilienmakler für große Firmen, die überall auf der Welt möglichst billig Land aufkaufen, und die Zwillinge erben später einmal eine bedeutende Bekleidungskette, die in der Dritten Welt produzieren lässt. Lukas' Mutter leitet in Kalkutta ein Reisebüro für Manager mit dicken Brieftaschen, die ihren Urlaub trotzdem aus Steuergeldern finanzieren las-

unser heimlicher Beobachter?
Chris

*DAS HAT PLATON, ARISTOTELES, HOMER UND MEIN GOLDFISCH AUCH SCHON GESAGT...
MAX

Irgendwie hängt das alles zusammen!
Lukas

„Die Gier nach Geld bringt uns noch ins Grab." hat schon meine Oma immer gesagt

sen. Leos Eltern entpuppen sich als Europaverantwortliche eines chinesischen Investors, während Mia Anwaltskind ist und Arnies Mutter als adelige Charity-Lady die gesammelten Spenden lieber in immer aufwendigere Galas fließen lässt als in hilfsbedürftige Länder. Pauls Erzeuger verdienen sich als Pharmalobbyisten eine goldene Nase, ebenso wie Judiths Eltern als Vorstandsmitglieder einer Tochterfirma von DEBØKON.

Chris

DEBØKON.* Irgendwie läuft alles in diesem Namen zusammen. Hätten wir nicht früher darauf kommen können? Aber warum hätten wir uns auch über unsere Eltern unterhalten sollen, die sich allesamt mehr für sich und ihre Karrieren interessieren als für ihre verhaltensauffälligen, rebellischen oder klugscheißenden Kinder?

EY! DAMIT MEINST DU ABER NICHT MICH, ODER? MAX

* von dem Scheißnamen werde ich noch Albträume haben! Chris

Je länger wir darüber sprechen, desto mehr Gemeinsamkeiten unserer Eltern stellen wir fest. Last, but not least, haben sie uns alle auf diesen Kahn abgeschoben. Es stellt sich heraus, dass der Prospekt bei uns allen im Briefkasten lag, und zwar unmittelbar nachdem unsere Eltern nach einer alternativen Schule gesucht haben. Offenbar sind wir abgehört, gehackt und gezielt ausgesucht worden.

Würde mir nie in den Sinn kommen... Chris

Als die anderen mich fragen, was es mit *meinen* Eltern auf sich hat, deute ich auf den Fernseher, der just in diesem Augenblick ein griechisches Kriegsschiff zeigt, das jenen Frachtkahn versenkt, der die Flüchtlinge übers Meer nach Europa hatte bringen sollen, bevor die Marine sie abgefangen und nach Thirassia gelotst hat. Auf dem Schiffsrumpf ist gerade noch der Schriftzug KAZAN zu lesen, bevor die Fluten ihn verschlingen. Ich weiß, dass meine Eltern altersschwache Frachter zum Sterben und Ausschlachten nach Afrika schleppen lassen. Die können mir nicht erzählen, dass sie nichts davon wissen, für welche Himmelfahrtskommandos die Schiffe noch benutzt werden.

Bis tief in die Nacht reden wir uns die Köpfe heiß. Darüber, wie es weitergehen soll, und darüber, wie nicht. Ich bin froh, die meisten auf meiner Seite zu haben. Ja, die Mittel und Wege der Erpresser sind totaler Bullshit, aber im Kern ist es richtig, auf Dinge hinzuweisen, die schieflaufen in der Welt.

Der Name Kazan bietet sich jetzt nicht mehr so gut an um seine Gemälde damit zu signieren oder chris?
Louisa

Ich brauche wohl ab jetzt einen Künstlernamen...
chris

ALSO ICH FÄND' GUSTAV KLIMMZUG PASSEND.
MAX

Wir wissen noch nicht, wie, aber wir werden den Mist hier überleben und nach Möglichkeit die Lehrer befreien.

Doch egal, wie das alles enden wird, wenn wir nicht aufpassen, werden die Erpresser noch etwas auf dem Gewissen haben: unsere Freundschaft.

Lukas

Es geht mir nicht gut. Ich glaube nicht, dass es das Virus ist … es sei denn, Angst und Gewissensbisse sind Viren. Max, Mia und Valle glauben auch, dass schon genug Menschen auf unserer Reise gestorben sind. Wenn wir an Land gingen, würden wir weitere Menschen gefährden. Auf die eine oder andere Art.

Jetzt dreh hier nicht durch Lukas! Mali

Vielleicht sollten wir einfach die gestopften Lecks wieder öffnen und alles wäre vorbei.

Arnie

Ich kann mir das nicht länger anhören: *Wir müssen die Lehrer retten – bla, bla – oder uns selbst opfern – bla, bla – für die richtige Sache kämpfen – bla, bla, bla.* Wenn ihr mich fragt, sind die Erpresser dämliche Arschlöcher, die nicht kapieren, wie es läuft.

Die einen sind reich, weil sie oder ihre Vorfahren sich den Arsch aufgerissen haben. Und die anderen sind arm, weil sie aus ihren Chancen nichts machen.

So war es immer und so wird es immer sein. Bei der nächsten Gelegenheit haue ich ab … endgültig. Und wer mitwill, kommt mit.

Und genau wegen so einer "Scheißdrauf" Einstellung geht soviel schief auf der Welt! Chris

Chris

Auf dem Weg nach unten rasen tausend Gedanken in meinem Kopf durcheinander. Was sollen wir machen? Wie können wir es anstellen, dass es nicht noch mehr Tote gibt? Ich will nicht draufgehen. Sind die Entführer wirklich Terroristen? Was wird aus Freya? Haben sich noch andere angesteckt? Wird es einen Tag geben, an dem wir uns nicht mehr schuldig fühlen, dass wir nach den Toten in

Dhaka nun auch für mögliche Opfer auf Thirassia verantwortlich sind? Haben wir das vielleicht alle verdient? Für die Taten unserer Eltern? Wird eine neue Nachricht eintreffen, bevor wir verhungert sind oder uns gegenseitig umgebracht haben?

Gibt es einen Kompass der uns aus dem Dilemma führt
Chris

Vor allem aber lässt mich der Gedanke an einen möglichen Verräter nach wie vor nicht los. Valle hat mir verziehen, aber ich mir nicht. Deshalb werde ich das Thema nicht mehr auf den Tisch bringen. Aber was, wenn Lukas doch recht hat und einer von uns ein falsches Spiel spielt? Ich hasse mich dafür, einen Namen mehr und mehr mit der Möglichkeit zu verknüpfen.

Einer von uns hat kein Wort über seine Eltern gesagt.

Einer von uns treibt uns immer weiter voran.

Einer von uns kannte sich von Anfang an so verflucht gut mit dem Schiff aus.

Einer von uns war bereit, einen schlafenden Menschen zu töten.

Einer von uns.

Mali.

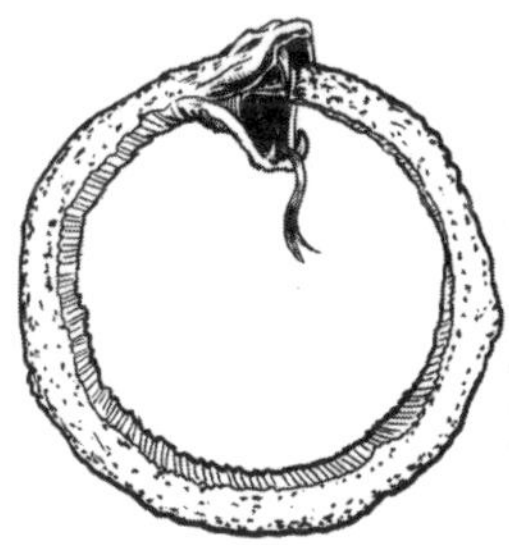

Wie der „Ouroboros" fressen wir uns selber auf…
Chris

Finja

Leo und Chris kleben den Gang zur Kapitänskammer mit Frischhaltefolie und Panzertape ab. Freya wird unter Quarantäne gestellt, bis wir ein Krankenhaus erreichen. Niemand darf zu ihr. Den letzten Hirsebrei und etwas Wasser schiebe ich ihr unter der

DER KREIS SCHLIESST SICH…
MAX

Absperrung hindurch und schaue ihr beim Essen zu. Unsere Hände berühren sich durch die Folie.

Sie versucht zu lächeln, während ich weine. Sie hustet stark. Ich verschweige ihr das Blut in ihren Mundwinkeln.

Ich bin Paul dankbar dafür, dass er diesmal nicht panisch wird und glaubt, sich angesteckt zu haben und todkrank zu sein. Er macht mir Mut.

Trotzdem habe ich Angst. Angst davor, das erste Mal in meinem Leben allein zu sein. Doch so weit werde ich es nicht kommen lassen. Versprochen, Schwesterherz!

Wir müssen jetzt alle zusammenhalten!
Paul

Valle

Die Nachricht erreicht uns im Morgengrauen:

AM 5. SEPTEMBER ANKUNFT IN ORTYGIA – DORT SEHT IHR EURE ELTERN WIEDER – KEINE POLIZEI – KEIN KONTAKT – FUNK UND WLAN WERDEN ÜBERWACHT.

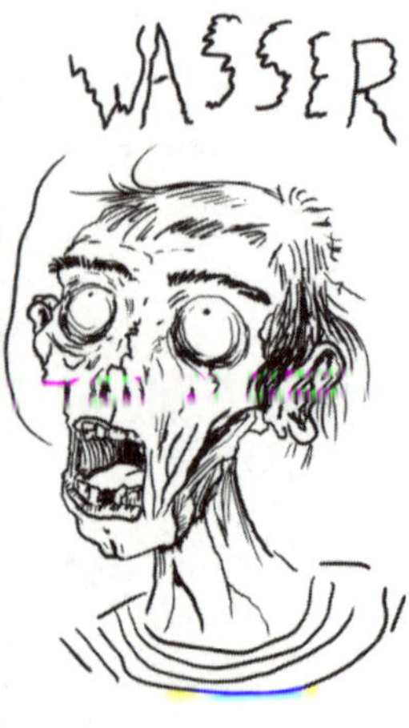

Wie sehr hätten wir uns über die Aussicht, unsere Eltern wiederzusehen, gefreut, wenn sie nicht alle ordentlich Dreck am Stecken hätten … und wenn wir keine wandelnden Zombies wären, die jeden in den Abgrund reißen, dem sie begegnen.

– 8 –
WER STURM SÄT

4. September
12 Seemeilen östlich von Malta, N 35° 52', O 14° 44'
26 °C, bedeckt, sehr windig
S7, sehr grobe See

Finja

Als würde ein erschöpfter Krieger seinen Bronzeschild sinken lassen, taucht die Abendsonne ins Meer. Ich stehe am Bug, die Hände auf die Reling gestützt. Der warme Wind weht stark, doch den Geruch von Krankheit und Desinfektionsmittel kann er nicht davontragen. Ich habe das Gefühl, er ist mir durch die Kleider und die Haut bis in mein Blut gesickert.

Der Hunger macht mich fertig und Freya will nichts essen. Ich gebe ihr auch meine Rationen, doch die letzte ist, von ihren zitternden Fingern unangerührt, vergammelt.

Irgendwie müssen wir Freya da durch bekommen. Ohne Essen wird es nur noch schlimmer! Leo

Es ist, als hätte die Müdigkeit alle anderen Gefühle und Worte ersetzt. Wenn sie wach ist, liegt meine Zwillingsschwester stumm da und schaut in mich hinein. Als suche sie in meinen Schlafliedern und Aufmunterungsversuchen nach der Antwort, warum sie sterben muss.

Die Felsenküste Maltas zeichnet sich am Horizont ab.

»Es ist nicht mehr weit.« Ich spreche, ohne mich umzudrehen. »In der Nacht erreichen wir Valletta und Freya kommt in ein richtiges Krankenhaus. Wo sie gesund wird. Und dann gehen wir alle nach Hause und lachen eines Tages über unser kleines, beschissenes Abenteuer.« Ich fange an zu weinen. Hanna und Chris stehen schweigend hinter mir.

»Ist doch so, oder nicht?«, schluchze ich, obwohl mir nach Schreien ist.

»In den Nachrichten berichten sie von einer Konferenz der Weltgesundheitsorganisation. In Syrakus«, sagt Hanna leise. »Es geht um das Virus und den Impfstoff. DEBØKON und die Geschäftspartner des Konzerns werden erwartet. Wahrscheinlich haben die Erpresser das gemeint, als sie sagten, wir würden unsere Eltern dort wiedersehen.«

»Du weißt, was das heißt«, beendet Chris Hannas Ausführungen.

Ich drehe mich um und kann in ihren Gesichtern lesen, wie schrecklich ich aussehen muss.

»Das heißt, wir machen kurz auf Malta halt«,

sage ich beschwörend, »retten meiner Schwester das Leben und kümmern uns dann um den Rest.«

»Die Konferenz beginnt morgen Abend«, bemerkt Chris. »Jede Stunde könnte eine zu viel sein. Wir würden in Valletta ewig in der Quarantäne feststecken und müssten unangenehme Fragen beantworten. Die Erpresser planen bestimmt einen Anschlag auf das Gebäude. Und wir sollen zuschauen, wie sie unsere Familien zerstören.«

»Sollen sie unsere Eltern doch bis zum Mond sprengen«, erwidere ich bitter. »Die haben doch alle Dreck am Stecken. Lassen kleine Kinder in Fabriken krepieren und Flüchtlinge absaufen. Wer Geld hat, darf leben, wer nicht, kann sehen, wo er bleibt. Das ist so ungerecht.«

Hanna versucht weiter, mich zu überzeugen: »Wir können Freya in Syrakus behandeln lassen. In spätestens 24 Stunden sind …«

»Verdammt, kapiert ihr es denn nicht?«, bricht es aus mir heraus. »Ich weiß nicht, ob sie überhaupt noch einmal aufwacht. Sie ist alles, was ich jemals hatte. Unsere Eltern waren nie für uns da. Als ob das hundertste Kleid eine einzige Umarmung ersetzen könnte.« Meine Kehle brennt.

Chris packt mich an den Schultern. Tränen stehen in seinen Augen. »Finja, bitte! Sobald wir woanders an Land oder vor Anker gehen, jagen die Erpresser die *Marie* in die Luft, damit wir niemanden warnen können. Die sind zu allem fähig.«

Dem polier ich eigenhändig die Falten aus der Visage.
ARNIE

oder „der"!
Chris

Mein Kopf pocht, als versuchten tausend kleine Monster, auszubrechen. »Ich lasse Freya nicht sterben«, murmele ich. »Nicht so.« Dann reiße ich mich los. Ich renne nach unten, ziehe die Folie vor der Kapitänskajüte zur Seite und öffne die Tür.

Freya schläft. Sie ist viel zu dünn und blasser als je zuvor. Wir sind immer wie Spiegelbilder gewesen, aber jetzt wirkt der Spiegel verzerrt.

Ich schließe die Tür und drehe den Schlüssel zweimal im Schloss. Dann lege ich mich neben sie, lausche ihrem Herzschlag und ihrem Atem, bis wir wieder eins sind.

Chris

Kurs auf Sizilien. Mehr als je zuvor fragen wir uns, ob ein Dutzend Virenschleudern mit einer Bombe unter dem Hintern in Syrakus überhaupt etwas ausrichten können. Die Stimmung an Bord stellt jede Beerdigung in den Schatten. Alle verstehen, was Finja getan hat. Ich bewundere ihren Mut und ihre Liebe zu Freya, gleichzeitig möchte ich sie aus der Quarantänestation zerren und schütteln. Hoffentlich ist es für die Zwillinge noch nicht zu spät.

Vor allem aber hat Finja uns daran erinnert, welche Gefahr wir nicht unterschätzen dürfen: uns selbst. Deshalb hat Paul für jeden einen Mundschutz aus der Schiffsapotheke geholt. Jetzt sehen wir zwar aus wie Chirurgen auf Kreuzfahrt, aber immerhin haben mich die Masken auf eine Idee gebracht: Wenn die Erpresser uns wie einen Haufen ungezogener Kinder behandeln, dann sollten wir uns auch so benehmen.

5. September
halbe Seemeile südöstlich von Syrakus, N 37° 3', O 15° 18'
23 °C, starker Wind
W7, sehr grobe See

Hanna

Am nächsten Abend erreichen wir mit gelöschten Laternen Syrakus und nehmen den Wind aus den Segeln. Unser Ziel ist Ortygia – die vorgelagerte Altstadtinsel, die lediglich über zwei Brücken mit dem Festland verbunden ist.

Anders als die aufgewühlte See wirkt die Insel friedlich und verschlafen. Hier und da beleuchten ein paar Scheinwerfer die antiken Sehenswürdigkeiten und Touristen blitzlichtern durch die Straßen auf dem Weg zur nächsten Kneipe. Irgendwo dort hinten muss auch das Konferenzgebäude stehen, in dem unsere Eltern nichts ahnend dem Abendempfang entgegensehen.

»Um von der Hafenpolizei in Ruhe gelassen zu werden, ankern wir hier draußen«, sagt Chris, als wir die Segel festgemacht haben. »Wir setzen mit dem Beiboot über.« Der Wind peitscht uns um die Ohren und ich friere trotz der milden Temperaturen. Mittlerweile sind wir es gewöhnt, im Backofen zu rösten.

»Geht es Mali besser?«, fragt Judith unter ihrem Mundschutz nuschelnd in die aufbruchbereite Runde. »Sie war jetzt seit zwei Tagen nicht mehr an Deck, oder?«

Ich sehe Chris nervös an, aber Paul kommt ihm zuvor: »Sie schläft«, sagt er hastig.

»Sie schläft viel«, lässt Leo seiner Sorge freien Lauf, »meint ihr, sie hat sich auch angesteckt?«

»Kann man nicht ausschließen.« Paul zuckt mit den Schultern. »Jedenfalls bleibt sie besser allein in Deterings Kabine, bis wir mehr wissen.«

»Wir müssen jedenfalls so schnell wie möglich einen Arzt holen«, wirft Louisa ein. »Die Zwillinge und Mali brauchen jede Hilfe, die sie kriegen können.«

»Wir wissen, dass sie Mails und Funk abfangen«, schaltet Chris sich ein, »deshalb können wir niemanden ohne Gefahr für uns und unsere Eltern benachrichtigen. Aber Valle hier«, fährt er fort und knetet unserem verlegenen Technikguru dabei die Schultern, »hat eine Idee, wie wir die Erpresser austricksen können.«

»Also ... vielleicht«, ergänzt Valle stotternd.

Judith

»Nichts für ungut, Valle«, sage ich, »aber wenn die Bullen kommen, könnte es mehr als einen latent Bekloppten und drei todkranke Mädchen brauchen, um denen das alles hier plausibel zu erklären.«

»Deshalb bleibt ihr ja auch hier«, brummt Arnie.

»Wer bleibt hier?«, frage ich überrascht.

»Na, die Mädchen.«

»Wie bitte?« Meine Stimme überschlägt sich. »Was ist das denn für eine Machoritter-auf-weißem-Ross-Jungfrau-in-Nöten-Sexismus-Scheiße«, poltere ich und schaue mich wutentbrannt um.

Hanna weicht meinem Blick aus.

»Wer zur Hölle weiß denn noch davon, dass wir auf dieser schwimmenden Bombe bleiben sollen, während die Jungs einen auf James Bond machen?«

Zögernd heben alle die Hände.

»Wahrscheinlich fresst ihr euch an der nächsten Imbissbude erst einmal so richtig den Bauch voll und verpisst euch dann.« Ich bin auf hundertachtzig und kurz davor, Nasen zu brechen, doch Hanna, Louisa und Mia schieben mich Richtung Brücke.

»Herr Schmitz und Störtebeker bleiben auch«, ruft mir Valle hinterher, als ob das einen Unterschied machen würde. Bevor die Tür sich schließt, werfe ich ihm irgendeine Beleidigung an den Kopf, an die ich mich nicht mehr erinnern kann.*

*Ich mich schon! VALLE

Während ich durch den Raum tigere, versucht Hanna, die Wogen zu glätten: »Wir sind die Einzigen, die damals Fotos bekommen haben. Vielleicht wissen die Erpresser mehr über uns als über die Jungs. Möglicherweise haben sie sogar jemanden in ihrer Gewalt, der uns wichtiger ist als die Lehrer.«

»Aber gerade dann wäre ich gern dabei«, werfe ich knurrend ein.

Louisa lässt den Kopf sinken. »Wir haben in Dhaka schon genug durchgemacht, findest du nicht?«

Mia nickt.

»Wenn Mali hier wäre, würde sie euch den Arsch versohlen«, poltere ich. »Mann, warum habt ihr mich nicht eingeweiht?« Ich setze mich auf eine Bank und trete mit den Füßen das Blechgeschirr vom Tisch. Einen langen Moment schaut Hanna mich an, während das Geschepper vor ihren Füßen langsam verhallt.

»Okay, verstehe. Ich bin launisch, unberechenbar und unvernünftig«, äffe ich sie nach. »Und wie wollen die den Erpressern erklären, dass die Hälfte von uns keinen Bock hat, von diesem Holzstapel herunterzukommen?«

»Paul macht das schon«, sagt Hanna und klingt nicht überzeugt.

Paul

Während die anderen Jungs das Beiboot zu Wasser lassen, steige ich zu den Mannschaftsquartieren hinunter. Vor der Kammer des Kapitäns bleibe ich stehen. Es ist still. Natürlich hätten wir die Tür aufbrechen können, aber was hätte es den Fs gebracht? Wir haben keine Vorräte mehr und nicht die richtigen Medikamente. Von der Ansteckungsgefahr ganz zu schweigen. Ich hoffe so sehr, dass es noch nicht zu spät ist.

Der Schlüssel zu Herrn Deterings Kajüte liegt schwer in meiner Hosentasche. Langsam entriegele ich die Tür, schaue durch den Spalt zur Koje und atme auf. Ich habe mich nicht verrechnet. Anhand von Alter, Körpergewicht und allgemeinem gesundheitlichem Zustand kann man die Dosierung des Schlafmittels recht gut einstellen.

Ich kontrolliere Malis Puls. Die Atmung ist ruhig und gleichmäßig. Nachdem ich ihr etwas Wasser eingeflößt habe, kontrolliere ich ihre Fesseln und lege den Knebel wieder an. Ich bin froh, nicht da zu sein, wenn Mali in zwei, drei Stunden aufwacht.

Es fühlt sich nicht gut an, vor seinen Freunden Geheimnisse zu haben, aber Malis Verrat würde die anderen nur beunruhigen.

Wir mussten sie ausschalten. Die Gefahr war einfach zu groß, dass sie unseren Plan vereiteln würde. Es hat etwas gedauert, bis Hanna, Lukas und Chris mich überzeugt hatten, aber letztendlich spricht alles dafür. Einen Moment noch bleibe ich bei ihr sitzen und halte ihre Hand. »Ich hoffe, eines Tages verzeihen wir einander«, flüstere ich.

Max

Rücksichtsvoll wie eine Planierwalze schiebt sich Paul durch die Abschiedsszene von Arnie und Louisa. In der Dunkelheit kann ich Mia kaum erkennen, aber ich glaube, sie wirft mir vom Deck ein zartes Lächeln zu. Dann begräbt mich Arnie unter sich, der mit Paul im Schlepptau ins Beiboot springt.

»Aua, willst du uns umbringen, bevor die es machen?«

Wie die Leuchtbojen sitzen wir mit unseren Masken im Beiboot.. chris

Arnie beachtet mich nicht. Er setzt sich an die Riemen und bringt uns gemeinsam mit Chris schnell dem Ufer näher. Die *Marie* verschwindet im heraufziehenden Bodennebel.

»Wie ein richtiges Geisterschiff«, wispert Lukas und knistert nervös an unserer Wundertüte in der Mitte des Bootes.

»Hör auf damit!«, motzt Leo. »Das macht mich wahnsinnig.«

»'tschuldigung.« Lukas spielt jetzt an seinem Mundschutz herum.

Ich prüfe, ob meiner noch richtig sitzt.

Als wir nur noch fünfzig Meter von der Kaimauer entfernt sind, lediglich ein paar Dutzend Kleinsegler und Motorjachten liegen im Hafen, greifen wir alle in die Tüte … bis auf Paul.

»Schaffst du das?«, fragt Chris, als ob es dafür nicht schon viel zu spät wäre.

Paul nickt, dann ist Funkstille.

Es ist zehn Minuten vor Mitternacht und am Hafen ist nichts mehr los. Wir klettern die Mauer hinauf und zurren das Boot fest. Kaum angekommen, nähert sich auch schon ein schwarzer Lieferwagen mit getönten Scheiben.

Ich schlucke schwer. Lukas sieht aus, als würde er sich gleich einnässen.

Der Wagen hält unmittelbar vor uns. Zwei Männer in blauen Overalls und Basecaps steigen aus. Ich brauche einen Moment, um zu kapieren, dass ihre Gesichter nicht nur im Schatten liegen, sondern auch schwarz angemalt sind. An dem einen fallen stechend blaue Augen auf, der andere muss ein sehr unartiger Junge gewesen sein, denn seine Nase kann mit der von Pinocchio mithalten. Im Licht der Hafenlaternen blitzen silberne Pistolen unter den Blaumännern auf.

»Where are the girls?«, herrscht Pinocchio uns auf Englisch an und disqualifiziert sich damit als italienischer Edelgangster.

»Remove the masks«, springt ihm Blauauge bei.

Als wir nichts sagen und stattdessen die Köpfe hängen lassen, treten die beiden näher.

Chris versetzt Paul einen leichten Stoß mit dem Ellenbogen. Dann noch einen.

Ich sehe, wie sich Pauls Lippen unter dem Mundschutz bewegen, aber es kommt kein Ton heraus. Keine Ahnung, ob sein Englisch gut genug ist. Angstschweiß tritt mir auf die Stirn. *Kacke, kacke, kacke!*

Die beiden Klappspaten hörten sich an als hätte man sie nach der ersten Klasse direkt aus der Schule und in die Kneipe geschickt. Chris

»Are you fucking dumb?«

Kurz bevor die Typen uns vor Ungeduld über den Haufen ballern, kriegt Paul endlich den Mund auf: »Cholera – durch das Bakterium *Vibrio cholerae* ausgelöste schwere Infektionskrankheit des Dünndarms«, sprudelt es aus ihm heraus, »meist verursacht durch verunreinigtes Trinkwasser, mangelnde hygienische Standards oder infizierte Nahrung – typische Symptome sind extremer Durchfall und starkes Erbrechen – unbehandelt liegt die Sterberate bei bis zu siebzig Prozent.«

Wenn die Wahnsinnig sind können wir das allemal!! Chris

Paul atmet wie ein losgelassener Luftballon aus. Instinktiv machen die beiden Männer zwei Schritte zurück und sehen sich an. Offenbar haben sie Paul verstanden.

Als sie zu tuscheln beginnen, meine ich sogar ein paar deutsche Worte herauszuhören. Immer wieder werfen sie uns musternde Blicke zu. Abgemagert und zerlumpt, mit Blessuren am ganzen Körper und verfilzten Haaren, wirken wir in unserer Rolle als potenzielle Todkranke ziemlich glaubwürdig.

Sie streiten. Dann ziehen beide Handschuhe aus einer Box im Lieferwagen und beginnen uns mit ausgestreckten Armen und halb abgewandtem Kopf abzutasten. Sie finden ein paar schlecht versteckte Brotmesser und Gabeln. Danach schubsen sie uns in den Laderaum des Transporters.

Wir schleifen mit den Knien über den Boden und knallen gegen die Wände. Aber kein Schmerzenslaut ist zu hören. Ich würde gern behaupten, wir seien so hart, aber in Wahrheit verstopft uns die Angst die Hälse. Die Tür fällt scheppernd ins Schloss. Bis auf eine müde Deckenlampe ist es dunkel. Als wir losfahren, bereue ich es, nicht noch einmal hinausgeschaut zu haben. Nach der Weite des Meeres ist es unfassbar, wie eng ein Raum sein kann.

Chris

Es gibt keine Fenster, und wir haben keine Chance, herauszufinden, wohin sie uns bringen. Aber das ist vermutlich Sinn der Sache. Aufgrund des unablässigen Rumpelns über holprige Straßen vermute ich, dass wir in der Altstadt bleiben. Vielleicht zittere ich aber auch nur und der Wagen fährt ganz ruhig. Das Ganze hier ist jedenfalls die zweitdümmste Aktion meines Lebens, und ich bin mir nicht sicher, ob noch Zeit für eine weitere ist.

Ich ziehe meinen Mundschutz herunter und spucke ein gelbes Plastikei in meine Hand. Ich habe Mühe, die schmerzenden Finger darum zu schließen. Sie sind vor Anspannung ganz verkrampft.

»Gut gemacht, Paul.« Ich zwinge mich, aufmunternd zu klingen. »Die wollten uns nicht mal fesseln.«

»Das Besteck war auch eine gute Ablenkung. Die werden uns kein zweites Mal durchsuchen«, stellt Leo fest, nachdem er wie die anderen seine

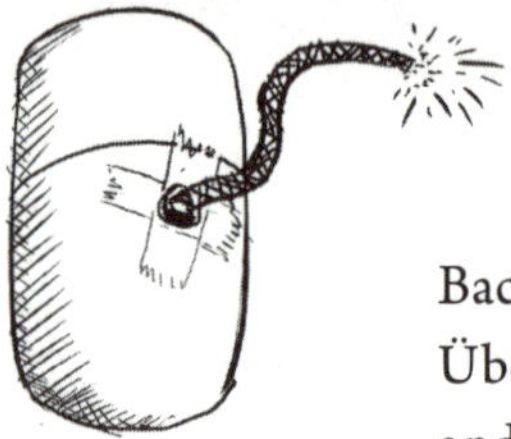

Diese kleine Überraschung hat es echt in sich... Chris

... SPIEL SPAß UND SPANNUNG! MAX

Bauanleitung für einen Böller:
- Streichhölzer
- Alufolie

[redacted]

Paul & VALLE

Ist das nicht ein wenig gefährlich? Hanna

Backentaschen geleert hat. »Hat der Vorrat an Überraschungseiern vom Ollen also noch zu etwas anderem getaugt, als die Prinzessinnensammlung der Fs aufzufüllen.«

Bei den Worten beißt er sich auf die Zunge. Wir schauen betreten zu Boden und stopfen das Spielzeug in unsere Taschen.

Abführmittel, Böller, Juckpulver,* Rauch- und Stinkbomben. Und Streichhölzer in einem Tütchen. Paul und Valle haben einen Tag und eine Nacht gebastelt und dabei das Lehrerquartier verwüstet. Auf jeden Fall werden wir nicht ohne Sturm untergehen. Das sind wir uns und vor allem den Zwillingen schuldig.

Leo

Sie treiben uns wie Vieh aus dem Transporter. Ich ducke mich unter den Schlägen und Beschimpfungen weg. Wir hasten über kaputte Pflastersteine durch eine Art Hinterhof. In der Dunkelheit erkenne ich rostige Metallzäune, die ein hohes, einstöckiges Gebäude umgeben. Roter Backstein, gesplitterte Fenster hinter Gitterstäben, ein verblasster Schriftzug über einer Metalltür. Das Nobelviertel von Syrakus ist das hier jedenfalls nicht.

Im Inneren herrschen unangenehm frostige Temperaturen und fahles Licht. Der Geruch von feuchtem Staub und Schimmel liegt über allem. Ir-

* Wenn man gerade keine Hagebutten oder Juckbohnen zur Hand hat, gehen auch grob zerstoßene Pfefferkörner. Leo

gendwie fühle ich mich sofort von der Außenwelt vergessen und verloren. Wo sind wir?

Ich bin der Letzte. Plötzlich stolpere ich über den gesplitterten Linoleumboden und schlage mir das Kinn auf. Pinocchio tritt mir in die Seite, sodass mir die Luft wegbleibt.

»Stand up, fat pig!«, brüllt er. Ich stemme mich hoch, gebe ihm nicht die Genugtuung eines Schmerzenslauts. Blut tropft auf den Boden. Ich erkenne große Flecken und Schleifspuren, als wäre hier lange Jahre immer wieder etwas Schweres entlanggezerrt worden. Ein Schlag gegen den Hinterkopf.

Ich laufe keuchend durch große Räume ohne Türen. Von den Wänden blättern vergilbte Kacheln. Scherben in einer Ecke.

Als ich zu den anderen stoße, weiß ich endlich, wo wir sind: in einem Schlachthaus.

Arnie

Die beiden Arschlöcher treten uns die Beine weg. Als wären wir zu dämlich, uns hinzusetzen. Ich habe echt Mühe, ihnen nicht aufs Maul zu hauen. Aber sogar ich kapiere, dass das keine gute Idee wäre. Immerhin stromern hier noch fünf oder sechs weitere Typen herum – ebenfalls mit Blaumännern, Kappen, geschwärzten Gesichtern und Knarren im Schulterholster.

Der Boden ist kalt und hart, die Wand hinter

Bauanleitung
für eine
Rauchbombe:
- Zucker
- Pökelsalz
[redacted]
Paul & VALLE

Seid ihr
bescheuert?!
Hanna

Bauanleitung
für eine
Stinkbombe
- Streichhölzer
- Haare
[redacted]
Paul & VALLE

OK, ihr seid
bescheuert! Und
ich will gar nicht
wissen, wo ihr
die Haare herhabt.
Hanna

↑
Wie die Schweine
zur Schlachtbank!
Chris

uns auch. Der Raum wirkt wie ein ausgelaufenes Schwimmbad: groß, leer, ranzig, und es stinkt nach Chlor. O.k., leer bis auf ein paar Metalltische und -schränke. Außerdem baumeln über uns an langen Stangen unzählige Fleischerhaken. Wie in einem miesen Horrorfilm.

Pinocchio ist offenbar dazu abgestellt, uns zu bewachen. Blauauge verschwindet in Richtung einer zehn Meter entfernten Metalltür mit dickem Glasfenster. Es dampft, als er sie öffnet. Sofort wird es noch kälter. In dem Kühlraum kann ich ein paar Tische erkennen, die allerdings mit superviel Computer- und Technikkram vollgestellt sind. Alles piept und rauscht und blinkt. An weiteren Fleischerhaken hängen etliche Dinger, die wie abgefahrene Minihubschrauber aussehen. Hatte nicht irgendwer vermutet, die Erpresser würden mit Drohnen arbeiten?

Blauauge kommt zurück und schiebt einen der Tische auf quietschenden Rollen in unsere Richtung. Aus Lautsprechern knistern unverständliche Funksprüche. Die Monitore zeigen ein großes Gebäude aus mehreren Kameraperspektiven. Davor halten nach und nach zahlreiche dicke Autos und teuer gekleidete Menschen steigen aus.

Plötzlich höre ich ein Stöhnen. Zwei Entführer zerren einen Mann in den Raum. Er ist an Armen und Beinen gefesselt, geknebelt und seine Augen sind verbunden. Er ist kräftig, versucht sich zu wehren, aber die Erschöpfung ist ihm anzusehen. Blutige Striemen und blaue Flecken schimmern unter seinem zerrissenen Trainingsanzug hindurch.

»Herr Suthoff!«, rufe ich entsetzt.

Instinktiv springe ich auf und beschleunige mit wenigen Schritten auf volle Geschwindigkeit. Jedes Fünkchen Energie presse ich aus meinem halb verhungerten Körper. Ich ramme Pinocchio die Schulter in den Bauch und trage ihn mehrere Meter mit mir, dann stoße ich ihn von mir. Mit einem Satz jage ich über den Tisch auf Herrn Suthoff zu. Bevor die Kerle, die ihn festhalten, ihre Waffen ziehen können, grätsche ich den Ersten in bester Fußballmanier um und ramme ihm im Aufstehen meine Sohle ins Gesicht. Als ich mich zum nächsten Gegner umdrehen will, spüre ich ein kaltes Stück Metall in meinem Nacken.

In bester Kung Fu Manier mit dem Kopf voran ... chris

Chris

Wie ein Berserker haut er einen Typen nach dem anderen um, nur um dann erschossen zu werden. Zumindest fast.

Es ist mehr ein Reflex als eine bewusste Entscheidung. Als Pinocchio sich zum Getümmel umdreht, greife ich nach seiner Pistole, die locker in der Seitentasche seines Blaumanns steckt. Während er nun in den Lauf seiner eigenen Waffe schielt, mit der ich unsicher zwischen seine Augen ziele, wird Arnie ebenfalls in Schach gehalten. Niemand be-

Das steht auf Arnies Visitenkarte. chris

wegt sich. Niemand sagt ein Wort. Trotz der Kälte läuft mir Schweiß in die Augen.

»Also bitte«, eine vertraute Stimme durchdringt die Stille, »lassen Sie uns dieses Dilemma doch wie zivilisierte Menschen lösen.«

In Zeitlupe drehe ich mich um. Ein Arm hat sich Lukas von hinten um den Hals gelegt. Am Ende befindet sich eine Pistole, die an seiner Schläfe aufliegt. Lukas schaut mich flehend an. Aber es ist nicht Lukas, der mich die Waffe senken lässt und meinen Kopf beinahe zum Platzen bringt.

Was zum Geier?! ich dachte, den gibt es nicht mehr!! Judith ♡

»Na also«, sagt Herr Detering ruhig und lächelt mich an. »Vernunft ist eine Waffe, die eine Schlacht entscheiden kann, bevor sie geschlagen wird.«

Pinocchio schnappt sich seine Pistole und schleift mich zurück an meinen Platz. Aber das ist mir völlig egal. Ich fühle mich wie unter Wasser getaucht. Alles hört sich dumpf an, weit weg, und die Luft geht mir aus. Arnie prallt neben mir gegen die Wand.

Der Wahnsinn nimmt seinen Lauf! Ich kann immer noch nicht fassen, dass Herr Detering hinter dieser ganzen Verschwörung steckt. Laura

Ich tauche japsend auf. Herr Detering macht mit Lukas ein paar Schritte zurück. Auch er trägt einen Overall, aber sein Gesicht ist nicht angemalt. Er sieht müde aus. Sein Bart ist stoppelig, aber in seinen Augen funkelt ein scharfer Verstand.

Auf sein Nicken hin reißen uns seine Handlanger auf die Beine, fesseln unsere Hände mit Kabelbindern über dem Kopf und hängen uns mit Seilen so an die Fleischerhaken, dass wir gerade noch mit den Zehenspitzen den Boden berühren.

Was auch sonst. Judith ♡

Nicht nur ich, auch die anderen sind wie gelähmt, lassen alles über sich ergehen. Blauauge hängt Lukas neben mich. Dann schreitet Herr Detering an uns vorüber und zieht jedem Einzelnen die Arztmaske vom Gesicht.

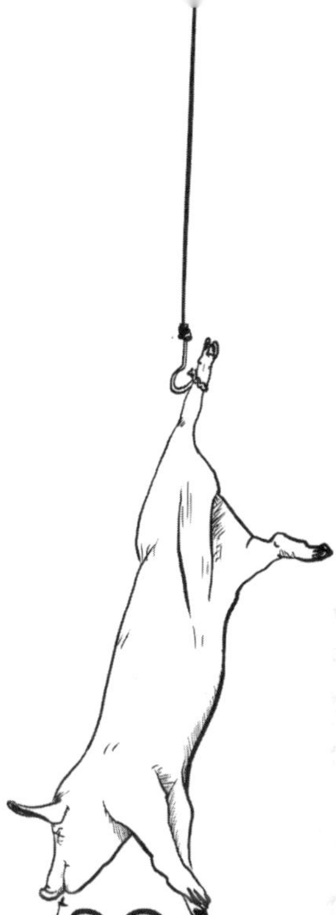

Paul

»Cholera also«, sagt er amüsiert und tätschelt mir die Wange. »Netter Versuch, aber ich weiß aus sicherer Quelle, dass es sich dabei um eine Lüge handelt, die allerdings durchaus dazu geeignet war, meine Mitarbeiter zu beunruhigen.«

Er wirft Pinocchio einen verständnislosen Blick zu. Der senkt den Kopf.

Aus sicherer Quelle, schießt es mir durch den Kopf. Wir haben den Plan erst heute Mittag ausgeheckt. Da war Mali bereits betäubt. Jemand anderes muss der Verräter sein. Mir wird heiß und kalt.

Ich schaue mich um. Einer von den Jungs?

Chris und Arnie fallen nach der Aktion gerade aus, Lukas als Geisel auch. Leo? Max? Oder doch Valle? Von den Mädchen bleiben nur Judith, Hanna, Mia und Louisa.

Herr Detering geht zum Tisch und schaltet ein Tablet ein. Nach ein paar Sekunden erscheint das grün-schwarze Bild einer Nachtsichtkamera, die über dem Meer schwebt. Die *Marie* ist gut zu erkennen. Ein roter Button leuchtet am unteren Bildrand. Herr Deterings Finger kreist darüber.

»Es ist bedauerlich, dass die jungen Damen dieser Lektion nicht beiwohnen«. Sein Tonfall verschärft sich. »Aber sollte ich auch nur eine verdächtige Regung bemerken …«

Mir läuft ein eiskalter Schauer über den Rücken.

DIESES KRANKE SCHWEIN!!
MAX

Max

»Sie sind doch bescheuert, Mann«, entfährt es mir, »und zwar so richtig.«

Wortlos dreht Detering sich zu mir. Der Knall der Ohrfeige peitscht durch den Raum. Tränen vermischen sich auf meiner Wange mit Blut.

Pinocchio zieht seine Waffe. Als er auf meine Brust anlegt, schüttelt Herr Detering den Kopf und lenkt den Waffenarm mit sanftem Druck in eine andere Richtung.

Blut spritzt in mein Gesicht, als die Kugel Arnies Oberschenkel zerfetzt.

Chris

Arnie brüllt auf. Sofort stopft einer der Männer ihm ein Tuch in den Mund. Unter ihm sammelt sich eine rote Lache. Wie Fische am Haken zappeln wir wimmernd um unser Leben.

»Scheiße!«, schreie ich. »Sie können uns doch nicht alle umbringen? Erst Frau Langer …«

Detering tippt irgendetwas auf der Tastatur vor ihm ein. »Ihr brauchtet nach Dhaka ein wenig Motivation.«

»Und Frau Jensen?«

Als hätte ich sie mit dem Aussprechen ihres Namens aus der Hölle heraufbeschworen, taucht sie aus einem Nebenraum auf. Immer noch hübsch, vor allem aber lebendig. Sie trägt ein graues Businesskostüm und einen Erste-Hilfe-Koffer. Eilig drängt sie sich an Detering vorbei und schaut ihn vorwurfsvoll an. Sie beginnt, Arnies Bein zu verbinden, während er von drei Männern festgehalten wird. Unseren Blicken weicht sie aus.

»Er muss in ein Krankenhaus«, sagt sie nach ein paar Minuten.

»Später«, winkt Detering ab und betrachtet eingehend die Monitore.

Nach kurzem Zögern nickt sie. Als sie ihm einen Kuss auf die Wange geben will, weicht er genervt aus. Ohne ein weiteres Wort verschwindet sie.

Arnie beginnt wegzudämmern.

»Was haben wir Ihnen denn getan?«, frage ich matt.

»Mir? Getan?« Herr Detering flüstert fast, als er weiterspricht, und doch sind seine Worte so durchdringend, dass sie in jedem Winkel des Raums zu hören sind. »*Eure* Eltern, *eure* Familien, das Leben, das *ihr* führt ... haben *mein* Lebenswerk zerstört, *meine* Frau und *mein* Kind getötet und die Welt in den Abgrund gerissen.«

Er vergräbt das Gesicht in den Händen, dann fängt er sich und sagt wie zu sich selbst: »*Eure*

Wahnsinn ist noch untertrieben! Der Typ könnte selbst in der Hölle keine Freunde finden...
Chris

Eltern. Die Arbeit am Impfstoff für das Marburg-Virus hat mich mein halbes Leben gekostet. Ich wollte ein wirksames Präparat entwickeln, für alle erschwinglich. Aber so machen Firmen keine Geschäfte. Nachdem DEBØKON mir das Patent abgekauft hatte, stellte die Firma die Produktion ein, verknappte den Bestand und schürte die Angst in der westlichen Welt. Der Impfstoff wurde ihnen für Unsummen aus den Händen gerissen. Ich kaufte von einem Teil des Patentgeldes die *Marie* und ging mit meiner schwangeren Frau nach Afrika. Wir arbeiteten als Ärzte, waren eine schwimmende Klinik für all jene, die *nichts* hatten. Dann brach das Virus aus. Ich behandelte die Menschen, holte sie auf die *Marie*. Wir waren so vorsichtig, kochten alles ab, doch meine Frau infizierte sich trotzdem. Ironie. Ich konnte nichts tun, keine einzige Ampulle auftreiben. Und als ich endlich einen Verkäufer fand, war es zu spät. Ich habe dir vom Fluss Ganges und seiner göttlichen Seele erzählt, Chris, die wir verdrecken mit Müll und Tod. Die Welt ist krank, sie leidet an den Menschen, für die Geld der einzige Gott ist.«

Herr Detering wischt sich über die feuchten Augen und setzt ein maskenartiges Lächeln auf. »So, das hat Spaß gemacht. Und wisst ihr was? Weil ich kein böser Mensch bin, lasse ich eure Eltern glücklich sterben. Mit der Gewissheit, dass ihr immer noch auf einer heiteren, lehrreichen Kreuzfahrt durch die Weltmeere seid. Ganz, wie ihr es ihnen in euren zahlreichen Mails geschrieben habt.« Spielerisch tippt er auf Enter und ein Postausgangssound ertönt.

»Wenn ich die Welt von der Führungsschicht von DEBØKON und noch ein paar anderen Dreckschweinen befreit habe, wird der Konzern 48 Stunden Zeit haben, den Impfstoff kostenlos zur Verfügung zu stellen. Andernfalls wird es weitere Tote geben. Wenn ich das Virus nicht vernichten kann, werde ich es eben einsetzen. Santorin war nur der Anfang.«

Als er mich ansieht, kann ich die ganze Trauer, die Wut und den Wahnsinn in seinen Augen erahnen.

»So. Euch fällt jetzt die ehrenvolle Aufgabe zu, per Videobotschaft die Ernsthaftigkeit meines Anliegens zu bekräftigen, wenn ich mich zu dem Anschlag bekennen werde.«

Leo

Herr Detering befiehlt seine Männer zu sich, nimmt das Tablet vom Tisch und lässt uns allein. Das Schlimme ist, dass ich ihn fast verstehen kann. Mein Kopf schmerzt und meine Arme beginnen abzusterben.

Auf einem der Monitore ist eine Großaufnahme vom Eingang des Gebäudes zu sehen, in dem die Konferenz stattfindet. Nach einer Weile entdecke

OK für "harmlos" sind Leo, Max, Lukas, Paul und ich verantwortlich, dass "Deppen" übernimmt Arnie.
Chris

Wer ist hier der Depp? Ich bin nur einer und "Deppen" ist Mehrzahl.
ARNIE

ich plötzlich Frau Jensen. In der Hand hält sie einen Koffer, dessen Inhalt ich mir ausmalen kann. Als die Security sie anhält, zeigt sie ihnen offenbar eine Art Ausweis und darf passieren.

Chris

Ich stoße Lukas mit einem Fuß an und flüstere hektisch: »Wir haben nicht mehr viel Zeit. Pass auf, Detering will nicht, dass wir draufgehen, aber Arnie ist nicht mehr weit davon entfernt. Wir bitten um Wasser für ihn. Und wir schlagen vor, dass du das holen kannst. Du bist der Kleinste und siehst harmlos aus. Die werden dir nicht misstrauen. Auf dem Klo startest du die Juckpulveraktion. Danach füllst du heimlich das Abführmittel in deren Kaffeekanne da hinten auf dem Tisch. Mit etwas Glück trinken die davon. Hast du das Ei noch?«

»J-ja. A-aber … das ist doch Wahnsinn«, stottert er. »Deterings Männer sind eiskalte Killer. Die lassen sich niemals darauf ein. Noch ein Fehltritt und die schießen uns alle über den Haufen.«

»Wir haben aber keine Wahl«, beknie ich ihn.

»Scheiße, Chris, bitte mach du das und lass mich diesmal dein Schutzpatron sein.«

»Was redest du da?«

»Die ganze Fahrt, du hast mich immer beschützt, Christophoros. Du heißt ja auch genau wie der Schutzpatron der Seefahrer.«

Und mein Herz bleibt stehen.

Ja, ich heiße mit vollem Namen Christophoros Kazantzoglou. Zumindest hieß ich so, bis meine Eltern mit mir aus Griechenland weggegangen sind und seither aus »geschäftlichen Gründen« ihre Herkunft verleugnen. Ich weiß erst seit ein paar Jahren davon, nachdem ich zufällig meine Geburtsurkunde entdeckt habe. Doch darüber habe ich nie mit jemandem geredet … Der Name ist mir peinlich. Ich habe die Passage sogar hier im Logbuch geschwärzt. Nur Herr Detering hat mich in der Nacht vor seinem Verschwinden darauf angesprochen. Er wusste einfach alles über mich.

Wie kann es sein, dass …

Lukas

Ich löse meine lockeren Fesseln und reibe mir die Handgelenke. Max jubelt leise.

»Geil, Lukas! Wie hast du das geschafft? Komm schon, mach uns los!«

Leo und Paul drehen ihre Gesichter ebenfalls hoffnungsvoll zu mir. Doch als Chris wortlos den Kopf schüttelt und ich ihnen die gelben Lausbubenstreiche aus den Taschen nehme, kapieren sie endlich, wer ich bin.

Wenn ich dich in die Finger bekomme, bist du Hackfleisch!! ARNIE

Ich bin derjenige, der sogar früher als Mali auf dem Schiff war. Derjenige, der die Morsezeichen absichtlich falsch übersetzt hat und der darüber mit Detering kommunizierte. Derjenige, der das manipulierte Bullauge einschlug, um uns aus dem

Und ich brat dich auf dem Grill bis du kohlrabenschwarz bist! Leo

Für mich ist der Typ Geschichte!
Chris

Bauch des Schiffes zu befreien. Derjenige, der selbst die Vermutung streute, ein Verräter sei an Bord, um von sich abzulenken. Derjenige, der seine einzigen Freunde betrogen hat.

»Ich habe euch das Leben gerettet«, sage ich leise, »ohne mich wärt ihr längst tot.«

Chris

Keine Ahnung, wie viel Zeit vergangen ist, seit Lukas sich als größtes Arschloch im Sonnensystem entpuppt hat. Wir reden nicht, worüber auch. Arnie stirbt und wir können es nicht verhindern. Ich kann seinen Atem nicht mehr hören und der Verband an seinem Bein ist blutgetränkt. Ein Elternteil nach dem anderen sehen wir auf den Monitoren das Konferenzgebäude betreten. Ich hasse es, dass wir so machtlos sind. Nichts können wir verhindern. Ich habe Angst um die Mädchen.

Ca 5-6 Liter Blut hat ein ca 80 Kg. schwerer Mensch. Nach 2-3 Litern Blutverlust wird es sehr kritisch.
Hanna

Und dann tauchen meine Eltern auf dem Bildschirm auf. Sie sehen eher nach Theaterbesuch aus als nach Geschäft. Jedes Mal, wenn sie einander oder einen Journalisten anlächeln, versetzt es mir einen Stich ins Herz. Sie sind keine schlechten Menschen, das weiß ich ganz genau. Geld kann auch für Gutes eingesetzt werden. Ich würde alles dafür geben, jetzt bei ihnen zu sein.

Jetzt lass doch mal das ganze Zahlengequatsche wir müssen jetzt schnell handeln!
Chris

Paul weint leise. Leo bemüht sich, ihn zu trösten. Ich versuche, ins Schwingen zu kommen, meine Hände zu befreien, aber meine Arme sind taub, und der Hunger hat mich ausgelaugt. Ich ertappe mich bei dem Wunsch, die Entführer würden uns einfach erlösen.

Mit einem Mal fliegt die Tür zur Kühlkammer auf. Detering stürmt heraus, presst seine Hände gegen einen Kopfhörer und brüllt seine Männer herbei: »Come on! Go, go, go!« Er rennt fluchend zu den Monitoren und tippt wie wild auf drei Tastaturen gleichzeitig herum. »Verdammt! Die Polizei hat Großalarm ausgelöst. Und ich bekomme keine Rückmeldung vom Koffer. Der Keller ist ein verfluchtes Funkloch. Sie muss weiter nach oben. Sobald ich Kontakt habe, zünde ich.«

»But she …!«

Detering geht nicht darauf ein. »Wie konnten die Wind davon bekommen? Es gab kein WLAN-Signal vom Schiff.« Er dreht sich zu Blauauge: »Gab es Funksprüche?«

»Nothing, only some pirates …«

»Piraten?«, stutzt Detering und setzt sich ein anderes Paar Kopfhörer auf. Er hört ein paar Sekunden konzentriert zu, dann blickt er auf. »Ihr verfluchten Bälger!« Er greift zum Tablet. Seine Augen weiten sich. »Das ist ein Standbild«, brüllt er.

Dann drückt er die Taste.

Max

Ich bilde mir ein, die Explosion vom Hafen bis hierher zu hören. Das Bild wird schwarz. Es fühlt

Scheiße bei dem ganzen Getümmel behält man kaum den Überblick!

Wo kommt denn auf einmal der ganze Rauch her? Polizei etwa? aber wie?

Chris

sich an, als stünde ich neben mir, sähe mir selbst dabei zu, wie ich hilflos am Haken hänge und Mias Namen schreie.

Doch dann zieht mich etwas zurück in meinen Körper. Gestank. Gestank und Rauch. Ein Schuss.

Die meisten Männer pressen einen Arm vor den Mund und ziehen mit der anderen Hand ihre Waffe. Tische werden umgeworfen. Sie verschanzen sich dahinter, zielen in Richtung Eingang. Wieder ein Schuss.

Leo

Detering eilt zur Kühlkammer, schließt sich mit dem Equipment ein. Vermutlich wird das Konferenzgebäude gleich hochgehen. So viele Menschen.

Paul

Der Rauch ist so dicht, ich kann nichts mehr sehen. Es stinkt bestialisch. Ich schließe die Augen. Noch ein Schuss.

Chris

Es tut nicht weh. Ich falle wie ein nasser Sack zu Boden. Ist jetzt alles vorbei?

Ich öffne die Augen.

Haare. Überall Haare. Blond und zerzaust.

Hanna steht vor mir wie ein Geist aus der Flasche. Ihre Haare vermischen sich mit dem Rauch. In der Hand hält sie Malis Messer.

Als sie zur Seite tritt, um auch die Fesseln der anderen zu durchtrennen, taucht Judith auf. Sie zielt mit einer Pistole auf Pinocchio. Der kniet und hält sich wimmernd den Bauch.

Krämpfe schütteln ihn. Eine Gesichtshälfte ist rußgeschwärzt. Blut läuft aus dem linken Ohr. Als wäre ein Böller direkt daneben explodiert.

Mias Silhouette schält sich aus dem Rauch. Sie entzündet die Lunte eines gelben Plastikeis und wirft es in den Raum. Mit lautem Getöse geht es hoch.

»Das war das letzte«, flüstert sie und versucht, Max aufzuhelfen, der sie ungläubig ansieht.

Von irgendwo her kommt ein Windstoß, der Rauch lichtet sich etwas. Ich kann gerade noch sehen, wie sich ein paar Blaumänner gebückt aus dem Staub machen. Manche haben die Hose halb heruntergelassen und kratzen sich die Beine blutig. Juckpulver!

»Die wollten euch in der Hölle wohl nicht«, sage ich schwach lächelnd zu den Mädchen.

Hanna

Auf allen vieren kriecht das Arschloch davon. Ich schaue Louisa an und schüttele den Kopf. Ihr kleben die Haare schweißnass im Gesicht. Sie atmet heftig. Wir sind gerannt wie bekloppt.

Ich nehme die Pistole.

Sie kniet sich neben Chris, der Arnies Kopf hält.

»Hier ist überall Blut«, schluchzt sie, »ich weiß gar nicht, wo ich anfangen soll.«

»Immerhin hat er noch Puls«, sagt Chris.

»Aber er braucht so schnell wie möglich Hilfe, sonst verliert er das Bein ... oder ...«

Chris

Ich winke Leo, Paul und Max heran. »Sucht Herrn Suthoff, er kann euch helfen, Arnie hinauszubringen.«

»Wo ist Lukas?«, fragt Hanna

»Er ist tot«, knurre ich und reibe meine tauben Arme, »zumindest für uns.«

»Was soll das bedeuten?«

»Er ist der Verräter. Mali ist unschuldig. Ich bin so ein Idiot. Er steckte von Anfang an mit Detering unter einer Decke.«

»Wie bitte? Detering?«, fragt Hanna.

Klar, die Mädchen wissen noch gar nicht, was alles passiert ist.

Ich kämpfe mich hoch. »Detering will das Konferenzgebäude sprengen. Wenn Frau Jensen aus dem Funkloch raus ist ...«

»Frau Jensen? Aber ...«

»Ja, die hängt auch mit drin.«

Hanna

Bei all den Hiobsbotschaften, die ich im Augenblick noch nicht einmal zur Hälfte kapiere, bin ich erleichtert, dass Herr Suthoff lebt. Er ist verletzt und desorientiert, also leider keine große Hilfe. Die anderen Mädchen führen ihn raus an die frische Luft. Die Jungs mühen sich mit Arnie ab, versuchen, ihn so vorsichtig wie möglich nach draußen zu tragen. Hoffentlich kommt der Krankenwagen bald.

Chris nimmt mich an die Hand und rennt zu einer großen Tür, die sich aus dem Rauch schält.

»Detering ist mit seinem ganzen Zeug in der Kühlkammer«, erklärt er hektisch und rüttelt am Griff.

Durch das milchige Glas sehen wir ihn vor seinem Computer sitzen. Plötzlich springt er auf und fegt rasend vor Wut einen Monitor vom Tisch. Funken sprühen.

»Die Polizei ist unterwegs«, sage ich hilflos.

»Das ist zu spät«, presst Chris hervor, als er weiter an der Tür rüttelt.

Wird der Kampf jetzt aufgegeben oder wie? chris

»Wir könnten versuchen, sie aufzuschießen.«

»Das Mistding ist von innen verriegelt und das ist so ein Drahtglas. Das bringt nichts.«

Chris schlägt auf die Tür ein. Immer und immer wieder. Mit bloßen Fäusten. Bis die Haut aufplatzt.

Ich nehme sein Gesicht in beide Hände. »Hör auf«, sage ich sanft, »bestimmt sind unsere Eltern schon evakuiert worden.«

Er sinkt an der Tür hinunter. Blut rinnt von den Fäusten auf seine Jeans. »Und wenn nicht?«

»Die Hoffnung stirbt zuletzt«, sage ich matt.

EIN WUNDER?? ICH DENKE MAL, ICH SPRECHE FÜR UNS ALLE WENN ICH SAGE, DASS WIR EINE MILLION WUNDER VERDIENT HÄTTEN! MAX

»Aber sie stirbt. Alles andere wäre ein Wunder.«

»Wir hätten mal eines verdient.«

»Es ist schon eines, dass du lebst«, sagt er mit dem Kopf auf den Knien.

»Da kam eine Funknachricht«, erkläre ich, »irgendwie seltsam. Die verzerrte Stimme klang anders, aber sie hat uns aufgefordert, das Schiff zu verlassen, wenn uns unser Leben lieb sei. Eine Adresse war auch dabei. Valle hat dann gerade noch den aufgezeichneten Funkspruch der Piraten vor Somalia absetzen können, um die Hafenpolizei zu alarmieren. Louisa und Judith haben das Beiboot geholt, damit wir Mali und die Fs mitnehmen konnten. Es sieht leider nicht …«, unterbreche ich mich selbst. »Als die Bombe hochgegangen ist, waren wir schon auf dem Weg hierher. Zum Glück hattet ihr den Kerlen schon das Abführmittel und das Juckpulver untergejubelt.«

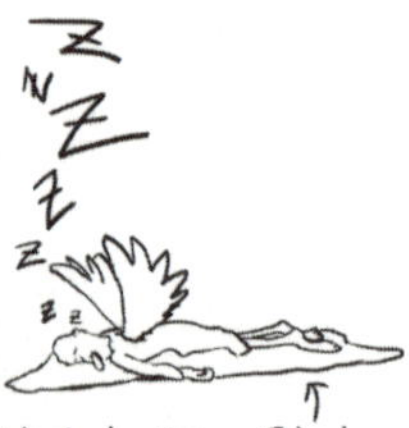

Ich glaube unser Schutzengel hat lang genug auf Wolke 7 gepennt! Chris

»Hä?«, sagt Chris und schaut mich skeptisch an. »Das waren wir nicht.«

»Aber die restlichen Eier? An der Tür?«

»Das waren wir auch nicht.«

WAS ZUR HÖLLE??? MAX

Lukas

Es ist kalt, aber meine Haut dampft. Ich zittere, wie ich oft gezittert habe in den letzten Wochen und Monaten. Die Angst, erwischt zu werden, etwas falsch zu machen, die Angst, allein zu sein. Das flackernde Licht schmerzt in meinen Augen.

Meinen Vater kenne ich nicht und meine Mutter läuft immer vor allem davon. Wenn sie gekonnt hätte, wäre sie vermutlich auch vor mir weggelaufen.

Stattdessen ist sie mit mir nach Indien ausgewandert. In ein Aussteigerdorf, wo sie meinen Stiefvater kennenlernt. Er macht einen auf erleuchtet und eins mit der Welt, ist aber ein Schläger und Säufer. Eines Tages wehre ich mich. Er bleibt liegen und rührt sich nicht mehr. Ich rufe um Hilfe.

Ein Mann eilt herbei, er ist Deutscher. Ein Arzt. Er sieht meine Angst. »Jeden Tag verschwinden Menschen in Kalkutta«, sagt er.

Er nimmt mich mit zum Hafen, dort liegt sein Segelboot. Seither habe ich meine Mutter nicht mehr gesehen.

Detering ist ein guter Mann. Doch wer viel Böses erlebt hat …

»Hören Sie auf«, sage ich.

Detering dreht sich langsam um. Auf dem Bildschirm hinter ihm wächst ein Ladebalken.

SIGNAL 75 %

Er lacht. »Sei nicht albern. Noch ein paar Sekunden und wir sind am Ziel. Wir erwischen vielleicht nicht alle, aber die Welt wird danach eine bessere sein.«

SIGNAL 80 %

»Bitte«, flehe ich, »hören Sie auf!«

»Weshalb tust du das, Junge?« Er deutet auf die Tür.

Und wenn dein Vater Al Capone höchst persönlich wäre, würde ich das trotzdem nicht als Erklärung für deine Aktion akzeptieren.
Chris

Wie konntest du da nur reingeraten?
Louisa

»Das sind meine Freunde.«

SIGNAL 85 %

»Glaubst du das wirklich?«, spottet er. »Du gehörst nicht zu denen. Die essen von goldenen Tellern, während du aus Pfützen trinkst.« Er wird heftiger. »Glaubst du, die nehmen dich wieder in ihren Club auf, nach allem, was du getan hast? Nein, wir gehen diesen Weg gemeinsam bis zum Ende.«

SIGNAL 90 %

Ich schüttle den Kopf und hebe Deterings Pistole.

»Jetzt verstehe ich«, stellt er enttäuscht fest. »*Du* hast das Kamerabild manipuliert und meine Männer schachmatt gesetzt. Nach allem, was ich für dich getan habe ... Ich habe allerdings noch nie jemanden mit meinen eigenen Händen getötet, vergiss das nicht. *Ich* bin nicht der Mörder von uns beiden.«

SIGNAL 95 %

»Gehen Sie vom Computer weg!« Tränen schießen mir in die Augen. »Ich wollte ihn nicht töten.«

»Selbst wenn du es gewollt hättest«, brüllt er, »du hast einfach nicht den Mumm dazu, das zu tun, was nötig ist.«

»Was soll das heißen?«

»Das heißt, dass dein verdammter Stiefvater an seiner Sauferei krepiert ist und nicht an deinen lächerlichen Fausthieben.« Sein Gesicht verzerrt sich zu einer Fratze aus Wut und Herablassung.

»Hast du ernsthaft gedacht, ein nichtsnutziger Wicht wie du wäre in der Lage, einen erwachsenen Mann zu töten?«

SIGNAL 100 %

Der Zündknopf leuchtet auf.

Er dreht sich um.

Ich drücke ab.

-9-
KINDER DER FLUT

12. September

eine halbe Seemeile südwestlich von Syrakus, N 37° 3', O 15° 18'

25 °C, Nieselregen

W1, ruhige See

Die Ratten haben das sinkende Schiff verlassen. Chris

ICH HATTE MAL EINE RATTE UND DIE HATTE MEHR VERSTAND UND AUCH MEHR ANSTAND ALS DIESE VERBRECHER ZUSAMMEN!!! MAX

Mali

Es regnet, wie sollte es anders sein. Fast zwei Wochen sind vergangen, seit wir in Syrakus vor Anker gegangen sind. Fast vier Monate sind seit Kalkutta vergangen. Und doch findet unsere Reise erst jetzt ihr Ende.

Das Schiff der Hafenwacht bringt uns so nah wie möglich. Es tut mir weh, die *Marie* fast ganz vom Meer verschluckt daliegen zu sehen. In unseren schwarzen Kleidern und Anzügen sehen wir aus wie Schatten. Ich verstehe nicht, was der italienische Pfarrer sagt, aber es klingt irgendwie schön, so feierlich.

"BOTTOMS UP" WIE DER ENGLÄNDER WOHL SAGEN WÜRDE ... MAX

Ich liege nachts viel wach. Chris entschuldigt sich alle zwanzig Minuten bei mir und Paul fragt in der Zwischenzeit nach meinem Gesundheitszustand. Ich bin ihnen nicht böse. Vielleicht ein bisschen, weil ich das große Finale verpasst habe.

Im Grunde bin ich sogar ein bisschen stolz. Auch wenn sie falschlagen, haben sie Nägel mit Köpfen gemacht und mich drangekriegt, ohne dass ich ihnen die Nasen gebrochen habe.

Als wir zum Stehen kommen, beuge ich mich über die Reling. Mein Spiegelbild lächelt traurig zurück. Alte Seefahrerkameraden meines Vaters sagen, ich sähe ihm ähnlich, aber es gibt keine Fotos. Unser ganzes Leben befand sich auf dem Schiff, und als die Piraten es vor sieben Jahren versenkten, verlor ich nicht nur meinen Vater, sondern auch meine Vergangenheit. Trotz allem, was uns in den letzten Monaten passiert ist, gibt es auch etwas Positives: Wenn ich mich so umschaue, habe ich jetzt wohl eine neue Familie, um die sich jemand mit Verstand kümmern muss.

Valle

Den neuen Anzug, den mir meine Eltern gekauft haben, mag ich nicht. Selbst nach unzähligen Gesprächen mit der Polizei und unseren Anwälten pikt und kneift er immer noch.

Vielleicht sollte ich ihn einmal mit Herrn Schmitz allein lassen. Der liegt lustlos auf meinem Arm und lässt sich kraulen. Ich schaue in Richtung Stadt. Mittlerweile haben sich die meisten Leute wieder beruhigt. Sogar die Presse verliert langsam die Lust an neuen, reißerischen Schlagzeilen, die meist in unterschiedlichen Zusammensetzungen die Worte Terror, Virus, Tod und Geisterschiff enthalten.

Was ich jetzt machen möchte, hat mich ein Journalist vorgestern auf offener Straße gefragt. *Keine Ahnung,* habe ich geantwortet, *vielleicht mit Paul unsere Überraschungseier of Doom zur Serienreife bringen.*

Hanna

Immer wenn der Priester lauter wird, eine große Geste macht oder tiefsinnig wird, blättere ich auf meinem Smartphone in ein paar Dokumenten, die ich mir aus dem Netz gezogen habe. Ich brauche niemanden, der mir sagt, wie furchtbar alles ist. Das weiß ich selbst.

Das meiste von dem, was Detering uns erzählt hat, scheint zu stimmen. Außerdem hat er als Jugendlicher offenbar selbst eine Zeit lang auf einem Schulschiff verbracht.

Es ist unklar, ob Detering jemals wieder aus dem Koma erwachen wird, und wenn ja, in welchem Zustand. Ich glaube, ich wünsche ihm, dass er endlich Ruhe findet.

Aus unseren Leben wird er sicher nie ganz verschwinden. Dafür sind die Spuren, die er hinterlassen hat, zu tief.

Paul

Drei Tage lang saßen wir in Quarantäne, bis klar war, dass sich keiner von uns mit dem Marburg-Virus angesteckt hatte – außer Freya und Finja.

Meine Eltern haben sich bereit erklärt, alles zu tun, dass die Produktion des Impfstoffs wieder anläuft. Sie sind Pharmalobbyisten. Natürlich mahlen die Mühlen langsam, wenn es nicht darum geht, ordentlich Kohle zu machen, aber der öffentliche Druck auf DEBØKON ist groß.

Chris

Der Himmel hängt grau und tief über Syrakus. Nur der Bug der *Marie* ragt aus dem Wasser. Mit der abgeblätterten Farbe, dem verwaschenen Gesicht, der abgebrochenen Schwanzflosse und der Salzkruste ist unsere Galionsfigur ein ziemlich trauriges Mädchen. Ich habe auf der Fahrt oft versucht, sie zu zeichnen, brachte aber nicht mehr als eine flüchtige Skizze übers Herz. Die meisten Mädchen wollen schöne Bilder von sich, und ich denke, das ist bei Meerjungfrauen nicht anders.

Ich schaue zu Hanna. Ihr helles Strubbelhaar will nicht recht zum schwarzen Kleid passen. Aber wir sehen alle wie halb verhungerte, sonnenverbrannte Herumtreiber aus, die man mit einem Haufen teurer Sachen beworfen hat. Ich ziehe das Jackett aus und halte mein Gesicht in den stärker werdenden Regen.

Cheers
Leo

Arnie

Unsere Eltern stehen auf einem zweiten Boot. Das Deck teilen wir uns nur mit dem Priester und Herrn Suthoff. Er sieht alt aus. Ich nicke ihm aufmunternd zu. Trotz meines kaputten Beins bin ich plötzlich der Stärkere von uns beiden.

Die Ärzte sagen, es wird nie wieder zu einhundert Prozent heilen. Deshalb erst mal kein Sport. Meine Mutter plant bereits, jeden Spezialisten auf der Welt abzuklappern. Aber ich will das nicht. Die Verletzung erinnert mich daran, dass alles, was man tut, Konsequenzen hat.

Louisa

Die Eltern der Fs steigen aus dem Textilgeschäft aus. DEBØKON hat ihre Fabriken offenbar mit Farben und Chemikalien beliefert. Sie gründen eine Stiftung zur Erforschung neuer Impfstoffe und alternativer Heilverfahren. Mein Vater soll eines der Teams leiten.

Ich würde mich gern für ihn freuen, aber das Band zwischen uns ist dünner geworden. Ich denke, es geht vielen von uns so. Als Kinder hält man die eigenen Eltern für so etwas wie Superhelden. Wenn man älter wird, ändert sich das.*

*Ich bin sehr stolz auf dich für diesen Vergleich. Judith♡

Vielen dank jetzt hasse ich mich noch mehr. Louisa

Max

Der Iro steht wieder. So weit, so gut. Aber der Rest ist Kacke. Im kommenden Prozess sind wir Zeugen, zum Glück keine Angeklagten. Noch. Der Anschlag in Dhaka ist ein Problem. Aber Mias Eltern haben ihre ganze Anwaltskanzlei für uns abgestellt und zahlen auch für Mali und Lukas.

Frau Jensen ist verschwunden. Der Schmeis und seine Kumpane auch. Wahrscheinlich hat Detering sie lediglich fürs Fressehalten bezahlt. Vielleicht treiben sie immer noch in ihren Schlauchbooten auf dem Meer und essen sich gerade gegenseitig auf.

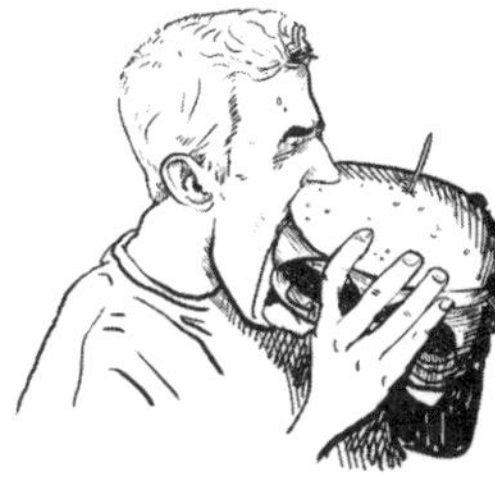

Ich stimme leise Frau Langers Gitarre.

Lukas

Die anderen wollten mich dabeihaben, aber ich konnte nicht. Selbst im Regen ist das Wrack der *Marie* vom Hafenkai gut zu erkennen. Meine Mutter steht neben mir. Wir haben viel nachzuholen und ich muss viel erklären. Vielleicht komme ich mit ein paar Monaten im Jugendgefängnis davon. Jede Nacht wache ich auf und blicke in Herr Deterings entsetzte Augen, als die Kugel ihn trifft.

Chris hat mir vorgeschlagen, nach der Schule ein freiwilliges soziales Jahr bei irgendeiner Hilfsorganisation zu machen. Ich glaube, er meint es ernst mit mir. Er wäre der Erste.

Flashback für Lukas.
Chris

Leo

Ich weiß nicht, was ich noch schreiben soll.

Ach ja, Störtebeker hat den ganzen Mist auch überlebt. Habe ihn am Hafen gefunden, wie er mit den Tauben um Krümel stritt. Ich nehme ihn mit nach Hause.

Oh, und die Polizei hat unser Logbuch vervielfältigen lassen. Als wenn das, was drinsteht, außer uns irgendjemanden interessieren würde.*

*Die oder Der müsste schon richtig gelangweilt sein sich diesen "Schinken" reinzuziehen. :) ♡ Judith

Judith

Freyas und Finjas Eltern überlegen, die *Marie* bergen zu lassen, aber Freya möchte es nicht. *Was ist ein Geisterschiff ohne einen Geist?*, sagt sie.

Ich öffne die Metalltruhe, in der sich bereits Malis Messer, Valles Katzenbuch, zwei Gitarrensaiten, etwas Schiffszwieback und eine Münze für den Fährmann befinden. Ich packe den Directors Cut von *Fluch der Karibik* dazu. Da war Johnny Depp noch gut.

Freya

Ich lege einige Fingernägel hinein. »Damit das Totenschiff schneller fertig wird und dich zu mir zurückbringt.« Der Priester wirft mir einen seltsamen Blick zu, aber das ist mir egal.

»Ich hätte nie gedacht, dass du die Tapferste von uns allen bist. Du hast mich nicht alleingelassen, du lagst neben mir und hast mir die Kraft gegeben, die du selbst gebraucht hättest.«

Ich öffne die Urne und der Wind trägt die Asche fort übers Meer. Und beinahe scheint es, als würde die Galionsfigur ihr nachsehen.

Als Letztes werde ich jetzt dieses Buch in die Truhe legen, sie sorgfältig verschließen und sie langsam über eine Planke ins Wasser gleiten lassen. Und wenn die Truhe dann zur *Marie* hinuntersinkt, werde ich die ersten Tränen vergießen, seit ich allein das Krankenhaus verlassen habe.

Und Max wird spielen. Und Mia wird singen. Ein einziges Lied für unsere beiden verlorenen Königinnen auf dem Grund der See.

The bell, the bell rings and tell
The queen of salt and shell

From all I done away I run
The queen of salt and sun

I take her hand beyond the land
The queen of salt and sand

Lost and torn, she holds me warm
The queen of salt and storm

Don't Know how long we live among
The queen of salt and song

Tonight, tonight the fire light
The queen of salt and sight

Foresee, foresee, once we will be
The queens of salt and sea

– The Queens of Salt and Sea.
Mia

ANHANG 1
WER IST ? EIGENTLICH ...

Chris

Damit ihr wisst, mit wem ihr es zu tun habt, und da es in einem Buch nicht viel nützt, wenn wir Namensschildchen tragen, bekommt ihr hier von mir einen kurzen Überblick über all die Leute, die irgendwie in unser Abenteuer verstrickt sind.

Wir haben Stöckchen gezogen, wer die Beschreibungen macht. Beschwerden also an mich. Chris

Wann war das denn? Louisa

Äh, vorhin da warst du gerade ... nicht da. Chris

Schüler

Chris Kazan 15 Jahre • lässiger Typ und Liebling der Mädchen • langer Schlacks, halbwegs clever und lustig • eisblaue Augen und brauner Wuschelkopf • hat die meisten Buchstaben und Bilder in diesem Buch angefertigt

Warum noch mal stehst du hier als Erster? ARNIE

Finja Vacano 14 Jahre • blasiert und blond • meist ausstaffiert wie ein unheimlich vor sich hin starrendes Porzellanpüppchen im Wohnzimmer einer älteren Dame

Frag die Römer, die haben sich das Alphabet ausgedacht. Chris

Das waren die Etrusker. Hanna

Freya Vacano 14 Jahre • Finjas Zwillingsschwester, weswegen sie genauso aussieht und so

Könnten wir uns bitte in Ruhe streiten? Chris, Arnie

Sorry. Hanna

Hanna Lamprecht 15 Jahre • hat immer rote Wangen und statt Haaren einen Haufen Heu auf dem Kopf (sieht zumindest so aus) • Intelligenzbestie, wandelndes Lexikon und Streberin • nervt bisweilen wie Sau, ist trotzdem ganz cool

Äh Danke? Hanna

Judith Napp 13 Jahre • rothaariges Koboldmädchen, das von ihren Eltern viel zu oft vor dem Fernseher geparkt wurde • hat außerdem sonderbare Hobbys wie Rollenspiele, Lesen und Sommersprossen

Und zwar Pen&Paper. Judith ♡

Konstantin »Arnie« von Arnstetten 15 Jahre • Leistungsschwimmer und Profiidiot • braun gebrannt, gelackt und hält sich für den angehenden Superstar in allem

Wann werden die Stöckchen noch mal gezogen? ARNIE

Leo Lin 14 Jahre • hat chinesische Wurzeln und ist ein freundlicher Kerl • verdammt guter Koch, der aus Teerpappe Toast Hawaii machen kann • deshalb wohl auch ein bisschen wie ein Hefeteig aufgegangen

Louisa Marlene Stein 14 Jahre • die Zicke vom Dienst • hat ungefähr die Frisur, Kleidung, Brille und Attitüde wie eine Schulbibliothekarin • verbreitet auch genauso viel Spaß

Lukas Franke 13 Jahre • hat etwas von einem Straßenköter: sieht ein bisschen wild aus, traurige Augen • für sein Alter ganz anständig

Mali Frenssen 15 Jahre • in einem früheren Leben wahrscheinlich Seeräuberin oder Holzfälleraxt • mit mehr Haaren auf dem Dickschädel und weniger Beschimpfungen auf den Lippen wäre sie bei den Jungs bestimmt recht beliebt

Deswegen sollte man ihn auch nie alleine in die Nähe einer Schreibtischschublade lassen.
Mia

Maximilian »Max« Hagen 14 Jahre • Faulenzer und Nachwuchspunk • Iro, Kugelschreibertattoos und Büroklammerpiercings • spielt schief, aber leidenschaftlich Gitarre

VON WEGEN ZERBRECHLICH!
HAST DU MAL VON IHR
EINEN TRITT GEGENS
KNIE BEKOMMEN?
MAX

Mia Bauert 14 Jahre • hat was von der kleinen Glasballerina auf dem Klavier meiner Mutter: zierlich, zerbrechlich und mit so blasser Haut, dass sie fast durchsichtig wirkt • stottert ein bisschen, außer wenn sie singt – und das kann sie richtig gut

Paul Kral 15 Jahre • schmales Hemd ohne einen einzigen Muskel am Körper* • ist selbst im Hochsommer kleidungsmäßig aufs Eiswandern eingestellt • hat jede Woche eine andere unheilbare Krankheit

*Außer der Niesmuskel.
ARNIE

Den gibt es genauso wenig wie deinen Hirnmuskel …
Lorina

Valentin »Valle« Sorbin 15 Jahre • unser MacGyver, ist nämlich cleverer, als er in Opas Kleidern aussieht • meist friedlich und echt nett, es sei denn, du trittst aus Versehen auf eine Ameise – dann macht Valle dich fertig

Lehrer

Frau Jensen noch nicht sooo alt • Lehrerin für Deutsch, Handarbeit und Hauswirtschaft • freundlich und ganz hübsch anzusehen

Ach ja? Hanna

Was denn? Chris

Frau Langer ziemlich alt • Lehrerin für Geschichte und Politik • hart, aber nicht unfair • Typ Oma mit Schrotflinte unter dem Kopfkissen

Herr Detering schon älter • Lehrer für Mathematik, Biologie und Chemie • außerdem Schiffsarzt und Eigner der *Marie* • hager und humorlos

Herr Suthoff auch schon älter • Lehrer für Sport, Englisch und Disziplin • harter Hund und superfit • seine stahlharte Armeefrisur steht jeden Tag noch früher auf als der Rest von ihm

Seeleute

Eiken Vogt nicht ganz alt • Steuermann und offenbar mit den Füßen an Deck festgenagelter friesischer Riese • still und starr wie unsere Gallionsfigur

Fenn Willenbrock richtig alt • Kapitän und Grummler • war bestimmt mal so lang wie ein Mast, heute vom Wind gebeugt

Jannes Schmeis auch ordentlich alt • Erster Maat, Berufszwerg und Spinner • hat mehr Schrauben locker als die *Marie* • sieht durch seine ganzen Tätowierungen aus wie ein gruseliges Kinderbuch, das draußen im Regen vergessen wurde

Olle Lehmann na ja, alt eben • Smutje und laufende Boje • kocht ungefähr so lecker, wie er aussieht: Glatze, faulige Zähne, fettige Blümchenschürze

ANHANG 2  WAS BEDEUTET EIGENTLICH

Chris

Hier findet ihr ein paar Informationen zum Gebrauch dieses Logbuchs sowie wichtige Begriffe und Eigenarten der Seefahrt, damit ihr beim Lesen nicht vom Kurs abkommt. Mali hat sich – wenig überraschend – freiwillig bereit erklärt, euch und uns in einer Flut von Seemannswissen zu ertränken, bis kein Land mehr in Sicht ist.

Oder versteckt einen Spickzettel in einer Seifenpackung. Die rührt der Schmeiß eh nicht an… VALLE

Mali

Also lernt das alles sicherheitshalber schon mal auswendig, für den Fall, dass euer Erster Maat euch auch ständig mit Kielholen, Plankengang oder anderen unappetitlichen Todesarten droht, wenn ihr Steuerbord von Backbord nicht unterscheiden könnt. Also dann: Mast- und Schotbruch!

ALSO DAS KANN ICH VERSTEHEN. MAX

A

Aberglauben Seeleute haben einen an der Klatsche, anders lässt sich nicht erklären, warum sie Tausende von Seemeilen auf einem Stück Holz zurücklegen, sich aber vor Frauen fürchten; jedenfalls waren und sind sie stets den Natur-

Halt die Klappe! Mali

DUCK & WEG MAX

gewalten ausgeliefert, weswegen sie sich an alles klammern, was Sicherheit verspricht (Hühner, Katzen etc.), oder alles über Bord schmeißen, was nicht (Frauen z. B. verheißen Seenot und Krankheit)

Abfallen Kursänderung mit dem Wind; Gegenteil: *Anluven*

Ablegen Verlassen eines Hafens oder eines anderen Liegeplatzes; Gegenteil: *Anlegen*

Abschlagen Segel losmachen; Gegenteil: *Anschlagen*

Abwettern Aussitzen eines Unwetters auf See, um nicht bei der Einfahrt in einen Hafen oder in Küstennähe Beschädigungen zu riskieren

Achterdeck erhöhtes *Deck* im hinteren Teil eines Schiffes

Achtern hinter oder hinten auf einem Schiff

Achtersteven hinterer Abschluss des Schiffsrumpfs; Gegenteil *Vorsteven*

Affenfaust siehe *Schifferknoten*

Ägäisches Meer siehe *Mittelmeer*

Ahoi Signalwort als Gruß, Warnung oder Abschiedsformel

Am Wind siehe *Kurse zum Wind*

Andamanen Inselgruppe im Nordosten des *Indischen Ozeans*

Andamanensee siehe *Indischer Ozean*

Anholen Einholen einer Leine oder eines *Taus*

Anker großer Eisenhaken zum Festmachen eines

Schiffes auf dem Meeresgrund, um das Abtreiben zu verhindern; beim Lichten (Einholen) wird die Ankerkette durch ein Loch *(Klüse)* in der Bordwand gezogen und auf dem *Ankerspill* (eine aufrechte Winde) aufgewickelt

Auf vernünftigen Schiffen ist das Teil Elektrisch… chris

Ankerspill siehe *Anker*

Google mal "Wheel of Pain" Damit hat Arnie in "Conan der Barbar" richtig Muckies bekommen. Judith ♡

Ankerstich siehe *Schifferknoten*

Anlegen Festmachen in einem Hafens oder an einem anderen Liegeplatz; Gegenteil: *Ablegen*

Anluven Kursänderung gegen den Wind; Gegenteil: *Abfallen*

Was ist? Habe ich gerade meinen Namen vernommen? ARNIE

Anschlagen Segel befestigen; Gegenteil: *Abschlagen*

Apotheke auf kleineren Schiffen meist nur ein Medizinschrank mit den nötigsten Arzneien und Verbandsmaterialien

Oder eine begehbare Schublade Luisa

Arabisches Meer siehe *Indischer Ozean*

Archipel Inselgruppe

Mir wird schon beim Gedanken an die seit 30 Jahren abgelaufenen Zäpfchen schlecht… Paul

Tooooo much Information! Malì

Atlantis sagenumwobenes Inselreich der Antike, das irgendwann im Meer versunken sein soll; manche Forscher glauben, dahinter verberge sich *Santorin*

Augenklappe auch früher gar nicht so häufig anzutreffen wie gedacht, aber einige Piraten oder andere Seeleute trugen manchmal eine Augenklappe, um jeweils ein Auge an die unterschiedlichen Lichtverhältnisse an und unter *Deck* zu gewöhnen

Judith? chris

Alles ist besser mit Piraten! Judith ♡

Außenklüver siehe *Segel*

B

Bab al-Mandeb siehe *Indischer Ozean*

Back erhöhtes *Deck* im vorderen Teil eines Schiffes (am *Bug*)

Backbord in Fahrtrichtung links vom Schiff; Gegenteil *Steuerbord*

Bangladesch südasiatisches Land am *Golf von Bengalen*; geografisch legt *Indien* quasi seinen westlichen Arm darum; Hauptstadt ist *Dhaka*

Beiboot kleines (Rettungs-)Boot, das von einem Schiff mitgeführt wird

Beidrehen Manöver, um ein Schiff zu verlangsamen

Bilge niedrigster Punkt im Inneren eines Schiffes

Bitterseen Salzwasserseen im *Sueskanal*

Block Holz- oder Metallrolle, um ein *Tau* umzulenken

Bord man geht »an Bord«, um ein Schiff zu betreten, und »über Bord«, um es (unfreiwillig) über die *Reling* zu verlassen

Bootsmannpfeife wenn der Schmeis *pfeift*, fallen die Möwen aus dem Himmel; die Dinger haben einen so eklig hohen Ton, dass sie selbst durch Sturm und *Brandung* zu höhren sind

Brandung sich an der Küste brechende Wellen

Brasse *Tau*, um die *Rah* parallel zum *Deck* zu schwenken

Brigantine Zweimaster mit *Rah-* und *Schratsegel*, der gut *vor dem Wind* (Rückenwind), aber auch hoch *am Wind* (Gegenwind) fahren kann; eine

Die Pfeife wäre mir lieber beim Schmeis.
Chris

Zeichnung von unserem Schiff findest du ganz vorne

Bug vorderes Ende eines Schiffes; Gegenteil *Heck*

Bugspriet über den *Bug* des Schiffes hinausragende Verlängerung des *Vorstevens*; das daran befestigte *Vorstag* stabilisiert den *Fockmast*; manchmal sind darunter Sicherheitsnetze angebracht und darüber der *Klüverbaum*

Die Netze sind übrigens super gemütlich! Chris

Buriganga Fluss, an dem *Dhaka* liegt; Seitenarm des *Meghna*

C

Corvus Begriff aus der Antike; Enterbrücke römischer Kriegsschiffe

Was hat das hier zu suchen? Luisa

Sorry wir brauchten ein Wort mit C ..

D

Deck die Stockwerke – Oberdeck, Unterdeck(s) – eines Schiffs; »an Deck« oder »unter Deck« sein

Dhaka Hauptstadt von *Bangladesch*; der größte Ballungsraum des Landes ist in Teilen durch die giftigen Abwässer der Textilindustrie stark verseucht

Dippen siehe *Seemannsgruß*

Dippgruß siehe *Seemannsgruß*

Dolle zweizinkige »Gabel«, in die *Riemen* zum Rudern eingelegt werden

Drei Schwestern siehe *Welle*

Dünung Seegang mit meist ruhigen, gleichmäßigen Wellen; anders als *Windsee*

Nachos lassen sich auch Dippen !! :)
Chris

E

Ebbe siehe *Gezeiten*

Elmsfeuer Wetterphänomen; bei Gewitter kann es zu sichtbaren elektrischen Entladungen an den Enden von Masten und *Spieren* kommen; in früheren Zeiten Anlass für allerlei *Aberglauben* von Schlechtwetterzeichen bis Todesbote

Endacht siehe *Schifferknoten*

Exkragen über die Schultern fallender Matrosenkragen, der die Kleidung vor früher üblichen geölten Zöpfen schützen sollte

F

Faden Längenmaß; ungefähr 1,80 m

Fall Tau zum *Heißen / Hissen* der Segel und Hochziehen der *Rah*

Fallreep einholbare Strickleiter an der Bordwand

Festmachen Vertäuen oder Verankern eines Schiffes an einem Liegeplatz

Fieren etwas (meist Last) herunterlassen

Flachs auch Leinen genannt; Fasern der Flachspflanze, die u. a. zu *Segel*tuche verarbeitet werden; herausgekämmter Faserabfall wird *Werg* genannt und ebenfalls im Schiffbau verwendet

Unsere ist zwar schwarz,
aber leider ohne Totenkopf
Ihr wisst schon Piraten und so…
[illegible]

Flagge meist schmale Dreiecksfahne am *Topp* des *Großmastes;* auch als *Windanzeiger,* um Stärke und Richtung des Windes abzuschätzen

BOAH, BIN ICH FROH,
DASS WIR DAZU NICHT
MEHR GEKOMMEN SIND!
Max

Flaggenalphabet Nachrichtenaustausch zwischen Schiffen mittels Signalflaggen

Flaute Windstille; auch *Kalme* genannt

Flieger siehe *Segel*

Flut siehe *Gezeiten*

Fockmast vorderster Mast

Focksegel siehe *Segel*

Freibord Abstand zwischen Wasserlinie und *Deck* an *mittschiffs*

Freitag wieder so ein *Aberglaubending*; Freitage sind bei Seeleuten eh unbeliebt, aber an einem Freitag, dem 13. läuft kein Schiff aus, und wer kann, bleibt in der *Koje*

Funkbude Arbeitsplatz des Funkers

G

Gaffelsegel siehe *Segel*

Galion bevor es Klos gab, ein zweckdienlicher Vorbau unter dem *Bugspriet*

hö hö hö Judith

Gallionsfigur unter dem *Bugspriet* angebrachte Holzfigur und Glücksbringer; oft eine Meerjungfrau

Ganga hinduistische Himmels- und Wassergöttin; von ihr erhielt der *Ganges* seinen Namen

Gangway Planke zwischen Schiff und Steg

Geisterschiff führerloses Schiff, das dem *Aberglauben* nach von Geistern oder dem Teufel selbst gesteuert wird

Geitau *Tau* zum *Reffen* eines Segels

Gezeiten vor allem durch die Anziehungskräfte des Mondes ausgelöste Ebbe und Flut; auch *Tide* genannt

Nipptide Hoch- und Niedrigwasser sind schwächer ausgeprägt als normal

Springtide Hoch- und Niedrigwasser sind stärker ausgeprägt als normal

Watt bei Ebbe trockengefallene Küste

Gischt Schaumkrone auf Wellen

Glas pl. Glasen; Halbstundenglas / Sanduhr, mit deren Hilfe besonders die vierstündigen Nachtwachen bestimmt werden; das Schlagen der Schiffsglocke wird ebenfalls Glasen genannt

ICH BIN MIR SICHER, DER SCHMEIS HAT IRGENDWO EINEN TEDDY, DEM ER JEDE NACHT DIE EINGEWEIDE RAUSREISST DAMIT ER'S BEI UNS NICHT TUN MUSS. MAX

Und der sieht dir wahrscheinlich verblüffend ähnlich. Mali

Glücksbringer die sonnige Seite des *Aberglaubens*; beinahe jeder Seemann hat mindestens eine Glück verheißende Tätowierung einer Meeresgottheit, ein Schmuckstück oder ein Foto der Liebsten bei sich

Golf von Aden siehe *Indischer Ozean*

Golf von Bengalen siehe *Indischer Ozean*

Golf von Sues siehe Indischer Ozean

Gording pl. Gordings; ähnlich dem *Geitau* zum *Reffen* zwischen *Rah* und *Segel* angeschlagenes *Tau*

Griechenland südosteuropäisches Land; trennt das *Ägäische Meer* vom *Mittelmeer*

Großgaffelsegel siehe *Segel*

Großmast meist der größte und vom *Bug* her gezählt zweite Mast eines Segelschiffs, z. B. einer *Brigantine*

H

Halber Wind siehe *Kurse zum Wind*

Halse (1) an einer der unteren Ecken eines Segels angebrachtes *Tau,* um es *bug*wärts zu ziehen; Gegenteil: *Schot*; (2) Manöver auf *Vorwind*kurs, bei dem die Segel von einer auf die andere Seite gebracht werden, wobei der Kurs sich dadurch ändert

Heck hinteres Ende eines Schiffes; Gegenteil *Bug*

Heißen auch Hissen; Segel hochziehen

Hellgatt Höllenloch; von engl. Hellgate; auf Schiffen kleiner Vorratsraum für allerlei Kram und Utensilien

Hinduismus vor allem in *Indien* verbreitete Glaubenslehre; anders als im Christentum oder Islam gibt es nicht nur einen Gott, sondern viele verschiedene

Horn von Afrika östlichster Teil von Afrika, der vor allem die Staaten Äthiopien und Somalia umfasst; die Landzunge trennt den *Golf von Aden* vom *Indischen Ozean*; Armut und Hunger prägen die Region, wodurch viele Männer als Piraten auf das Meer getrieben werden

Hugli Fluss in *Indien*; der Seitenarm des Ganges mündet in den *Golf von Bengalen* und ist für Seeschiffe bis *Kalkutta* befahrbar

I

Im Wind siehe *Kurse zum Wind*

Indien riesiges südasiatisches Land mit den weltweit zweitmeisten Bewohnern (nach China); im

Norden liegt der Himalaja, im Westen das *Arabische Meer* und im Osten der *Golf von Bengalen*; Hauptstadt ist Neu-Delhi; einer der wichtigsten Hochseehäfen des Landes ist *Kalkutta*; das Klima ist vom *Monsun* geprägt

Das Land nimmt den Großteil des indischen Subkontinents ein, der in früheren Erdzeitaltern eine gigantische Insel war. Hanna

Indischer Ozean nach dem Pazifik und dem Atlantik der drittgrößte Ozean der Welt; liegt vor allem auf der südlichen Erdhalbkugel zwischen Afrika, Asien, Australien und der Antarktis

Andamanensee östliches Randmeer des *Indischen Ozeans* zwischen den *Andamanen*inseln, Myanmar und Sumatra

Ab und zu tauchen hier nach Erdbeben neue Inseln auf, die bald darauf wieder verschwinden. Tatsächlich sind das aber meist nur große Schlammblasen aufsteigender Gase. Hanna

Arabisches Meer nordwestliches Randmeer des *Indischen Ozeans* zwischen *Indien* und der Arabischen Halbinsel

Bab al-Mandeb Meerenge zwischen dem *Golf von Aden* und dem *Roten Meer*

Golf von Aden keilförmiger Meerbusen zwischen dem *Horn von Afrika* und der Arabischen Halbinsel

HI HI MEERBUSEN MAX

Oh Gott!! Mali

Golf von Bengalen nordöstliches Randmeer des *Indischen Ozeans* zwischen *Indien*, Myanmar und den *Andamanen*; hier gibt es die größten *Mangrovenwälder* der Erde

Golf von Sues nordwestlicher Arm des *Roten Meeres* zwischen Ägypten, der Sinai-Halbinsel und dem *Sueskanal*

Lakkadivensee Randmeer des *Indischen Ozeans* an der Südspitze *Indiens* zwischen den *Malediven* und *Sri Lanka*

Palkstraße Meerenge zwischen der *Koromandelküste Indiens* und *Sri Lanka,* die den *Golf von Bengalen* und die *Lakkadivensee* verbindet

Rotes Meer schmales Nebenmeer im Nordosten des *Indischen Ozeans* zwischen Afrika und der Arabischen Halbinsel sowie dem *Sueskanal* und dem *Bab al-Mandab*

Sueskanal künstlicher Kanal, der das *Rote Meer* mit dem *Mittelmeer* verbindet

Schon die Ägypter haben versucht, einen solchen Kanal zu bauen. Fertiggestellt wurde er jedoch erst 1869. Hanna

Innenklüver siehe *Segel*

J

Jakobsstab kreuzförmiger Stab, mit dessen Hilfe man früher auf See den eigenen Breitengrad bestimmte; Vorläufer des *Sextanten*

K

Kai gemauerte Uferbefestigung

Kajüte Wohnraum unter *Deck;* die Kammer des Kapitäns ist immer an Steuerbord, der »guten Seite«

Kajüthaus *Deck*aufbau zur Unterbringung von Mannschaftsquartieren, Kapitänskammer o. Ä.; manchmal halb versenkt, also nur zur Hälfte über das Ober*deck* hinausragend

Kalfatern Abdichten der *Planken* mit Teer und *Werg*

Kali im *Hinduismus* die Göttin des Todes

Kalkutta Großstadt in Nordwest*indien;* durch den heute nicht mehr ganz so wichtigen Hafen bis 1911 Hauptstadt des Landes

Kalme anderes Wort für *Flaute*

Kapitän höchster Posten auf einem Schiff

Kaventsmann siehe *Welle*

Kiel Unterrand eines Schiffes

Klabautermann Poltergeist auf einem Schiff; manchmal hilfreich, macht aber meist nur Unfug; laut *Aberglauben* hilft ein Huhn zur Abschreckung

Klampe ambossförmige Befestigung für *Taue*

Klüse Loch in der Bordwand für Seile oder Ketten; siehe auch *Anker*

Klüver siehe *Segel*

Klüverbaum eine Art umgekippter Mast, der über Bug und Vorsteven hinausragt, um daran Vor*segel* zu befestigen

Knoten Maßeinheit für die Geschwindigkeit von Schiffen; 1 Knoten = 1 *Seemeile*/h = 1,852 km/h; die *Marie* fährt durchschnittlich mit 5 Knoten (ca. 9 km/h) und macht max. 11 Knoten (ca. 20 km/h)

Koje Hängematten, Schwingkojen

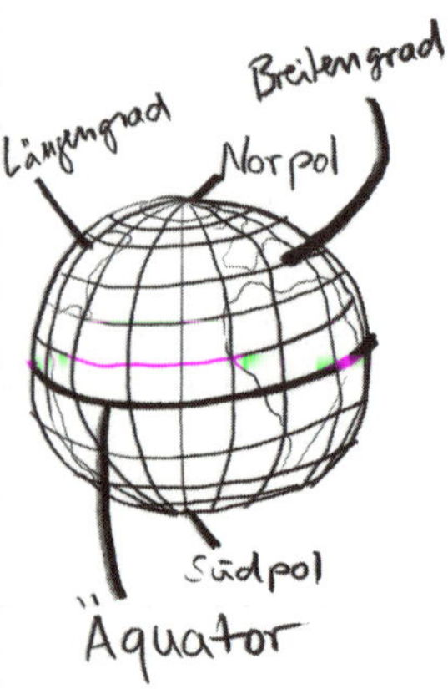

Kompass Richtungsweiser nach Norden

Koordinaten Angabe eines Punktes auf der Erdoberfläche durch Längen- (gedachte Linien durch Nord- und Südpol) und Breitengrade (gedachte Linien parallel zum Äquator); die geografische Breite wird dabei durch den Winkel des Polarsterns oder der Sonne zum Horizont bestimmt, die Länge hingegen mithilfe von Schiffsuhren; in der modernen Schifffahrt werden allerdings meist satellitengestützte GPS-Daten verwendet

Koromandelküste Langer Küstenstreifen im Südosten *Indiens*

Krähennest Ausguck; zu den Seiten abgesicherte *Mars*

Kreta größte Insel *Griechenlands* im Süden des *Ägäischen Meeres*

Kreuzen Manöver

Kreuzknoten siehe *Schifferknoten*

Kurse zum Wind Winkel der Schiffsbewegung zur Windrichtung

Am Wind Wind schräg von vorn

Halber Wind Seitenwind

Im Wind Gegenwind

Raumer Wind Wind schräg von hinten; auch achterlicher Wind oder Raumschotskurs

Vor dem Wind Rückenwind

Total spannend: im 17/18 Jh. haben die Franzosen, Engländer, Niederländer und Dänen hier Forts errichtet und um die Vorherrschaft des Indienhandels gekämpft. Hanna

Oh ja total spannend... Chris

Lecker Koro-Mandel-Küste... Leo

L

Labskaus Seemannsessen; traditionell aus allem, was an *Bord* mitgeführt wird: Salzgurken, Rote Beete in Essig, Schiffszwieback, gepökeltes Schweinefleisch

Lakkadivensee siehe *Indischer Ozean*

Laufendes Gut Gesamtheit des *Tauwerks,* das vor allem zur Bewegung der Segel und Rahen dient; siehe auch *Brasse, Fall, Geitau, Gording, Halse, Schot*; Gegenteil *stehendes Gut*

Lee windabgewandte Seite; Gegenteil: *Luv*

Lenzen (1) eingelaufenes Wasser von Bord schöpfen; (2) *vor dem Wind* segeln

Logbuch Schiffstagebuch

Lot beschwerte Leine zur Messung der Wassertiefe

Luke Bodentür im Oberdeck

Luv windzugewandte Seite; Gegenteil: *Lee*

M

Maat anderes Word für Seemann oder Matrose

Malediven Inselgruppe in der *Lakkadivensee* südwestlich von *Indien*

Malta südlich von *Sizilien* gelegener Inselstaat und *Archipel* im *Mittelmeer*

Mangrovenwald Sumpfwald an Salzwasserküsten

Manntau gespanntes Tau zur Sicherung der Mannschaft bei Wellengang und Sturm

Marina (Jacht-)Hafen für kleinere Schiffe

Mars pl. Marsen; an Masten angebrachte begehbare Plattformen; meist als Ausguck verwendet

Mast senkrecht gepflanzter Träger der *Takelage*

Meerjungfrauen Fabelwesen mit dem Oberkörper einer Frau und dem Unterleib eines Fisches; dem *Aberglauben* nach locken sie einen Seefahrer ins Verderben

Meghna Fluss in *Bangladesch*

Meuterei Aufbegehren der Mannschaft gegen die Schiffsführung

Mittelmeer Binnenmeer zwischen Südeuropa,

Ach hätte ich Idiot doch lieber da Urlaub gemacht, als mit euch Idioten auf diesem Schiff zu vergammeln!
Tosin

Ich vergammel gerne mit dir, Schätzchen
ARNIE

Und was ist mit Meerjungmännern – wer führt die Mädels ins Verderben?
Chris

Genau, Gleichberechtigung!
ARNIE

Keine Sorge, dank euch ist genug Verderben für alle da!
Judith ♡

Nordafrika und dem Vorderen Orient; der Mittelmeerraum war vor allem in der Antike ein bedeutender Kulturraum

Ägäisches Meer inselreiches Nebenmeer des Mittelmeers zwischen Griechenland, Kreta und der Türkei

Mittschiffs Mittelbereich eines Schiffes

Mole Stein- oder Holzdamm vor der Hafeneinfahrt zum Schutz vor *Brandung*, Strömung und Versanden

Monsterwelle siehe *Welle*

Monsun gewaltiges Luftdrucksystem vor allem über Asien und dem *Indischen Ozean*; der regenreiche Sommermonsun bringt feuchtwarme Luft aus Südwesten und der oft dürreauslösende Wintermonsun kalte, trockene Luft aus Nordosten

"Ich muss durch den Monsun, hinter die Welt." trala la la. Mia

Da schreibst du kein einziges Wort, und dann das? Mali

Müllstrudel* Unmengen von Plastikmüll, der mit der Meeresströmung zirkuliert

"... ans Ende der Zeit, bis kein Regen mehr fällt." Mia

*Dagegen muss man etwas tun!! Alle

N

Naglfar Totenschiff der nordischen Mythologie, das aus den Nägeln der Verstorbenen erbaut wird

ODER LEOS PFANNKUCHEN MAX

Neptun römischer Meeresgott

Nikobaren Inselgruppe südlich der *Andamanen*

Nipptide siehe *Gezeiten*

Hey, ich lese hier mit. Leo

Nixe siehe *Meerjungfrau*

UPS... MAX

O

Ölzeug wasserdichte Seemannskleidung

P

Palkstraße siehe *Indischer Ozean*

Palstek siehe *Schifferknoten*

Perim Insel in der Meerenge *Bab al-Mandeb*

Pfeifen an Bord pfeifen nur der Kapitän und der Wind

Pier befestigter Anlegesteg senkrecht zum *Kai*

Planken Bodenbretter

Port Blair Hauptstadt der *Andamanen*

Pullen rudern

ECHT? UND ICH DACHTE DAS HÄTTE MIT DEN BIERPULLEN ZU TUN, DIE DER SCHMEIS IMMER BEI DEN RUDERSTUNDEN NACH MIR WARF… MAX

Q

Queren die Fahrtlinie eines anderen Schiffes überschneiden

R

Rah *Spiere,* von der ein Segel herabhängt

Rahsegel siehe *Segel*

Raumer Wind siehe *Kurse zum Wind*

Raumschots siehe *Kurse zum Wind*

Reffen Segelfläche mithilfe von *Geitauen* verkleinern – quasi wie eine Jalousie hochziehen

Reling* Geländer an der *Deckskante*

Riemen Ruderstangen

Riesenwelle siehe *Welle*

Roringstek siehe *Schifferknoten*

*Paulo und Louisas Lieblingsplatz! ARNIE

Wäre ich nicht die ganze Zeit am Kotzen, würde ich dir jetzt in den Arsch treten. Louisa

Ruder »Flosse« am hinteren, unteren Ende des Rumpfs, das mithilfe des Steuerrads bewegt wird und die Fahrtrichtung beeinflusst

S

Sack und Asche Trauergeste auf Schiffen, wenn ein bedeutendes Mannschaftsmitglied verstorben ist; dabei wird die *Takelage* absichtlich in Unordnung gebracht

Sadarghat einer der Haupthäfen von *Dhaka*

Santorin spiegeleiförmige Insel oder Inselgruppe im *Ägäischen Meer*; ein heißer Kandidat für *Atlantis*

Karte von Santorin

Sawabi-Inseln unbewohnte Inselgruppe in der Meerenge *Bab al-Mandeb*

Schifferknoten auch *Seemannsknoten,* die für das Führen eines Schiffes wichtig sind; oft befindet sich auf einem Schiff auch eine Knotentafel, die das »Stecken« der Knoten veranschaulicht

ICH HABE JETZT NOCH KNOTEN IN DEN FINGERN. MAX

Und im Hirn. Mali

Affenfaust Wurfknoten; beschwerender, kugelförmiger Knoten am Ende einer Wurf*leine*

Ankerstich einfache Schlaufe, um eine *Leine* an einer Stange oder einem Ring zu befestigen

Endacht auch Achterknoten; dient meist als Stoppknoten am Ende einer *Leine*

Kreuzknoten Knoten zum Verbinden zweier *Leinen*

Palstek belastbare, aber gut zu lösende Schlaufe

Roringstek verbindet eine *Leine* dauerhaft mit einem Ring

Stopperstek Verbindung einer dünneren *Leine* mit einem dickeren Tau

Webeleinenstek vielseitige Schlinge, die u.a. als Trittleinen der *Wanten* dient

Schiffstaufe laufen Schiffe das erste Mal aus dem Trockendock oder treten sie ihre Jungfernfahrt an, werden sie auf ihren Namen getauft, indem eine volle Flasche gegen ihren Rumpf geschwungen wird

Schot an einer der unteren Ecken eines Segels angebrachtes *Tau*, um es nach *achtern* zu ziehen; Gegenteil: *Halse*

Schratsegel siehe *Segel*

Seegang Bewegung und Beschaffenheit der Meeresoberfläche auf einer Skala von 0 (glatt) bis 9 (schwer)

Seekiste Koffer oder Truhe mit allen Habseligkeiten eines Seemanns

Seekrankheit Unwohlsein, Schwindel und Übelkeit durch die Schiffsbewegung; dagegen hilft nur Gewöhnung, frische Luft, *mittschiffs* aufhalten und den unbewegten Horizont im Auge behalten

Alkohol macht übrigens alles nur noch schlimmer! Louisa

Wem sagst du das! Paul

Seemannsgarn Seefahrermärchen und Lügengeschichten

Seemannsgruß auch *Dippen* oder *Dippgruß* genannt; freundschaftlicher Gruß unter Schiffen, indem die *Flagge* eingeholt und wieder gehisst wird

Seemannsknoten siehe *Schifferknoten*

Seemannssonntag Donnerstag; gutes Essen; Pudding / Kuchen am Nachmittag

Seemeile Längenmaß in der Seefahrt; 1,852 Kilometer

Segel bauchiges Tuch zur Ausnutzung des Windes als Antriebskraft

Außenklüver auf unserem Schiff der äußere *Klüver*

Flieger auf unserem Schiff der mittlere *Klüver*

Focksegel auf unserem Schiff das unterste *Segel* am *Fockmast*

Gaffelsegel unregelmäßiges Vierecksegel, das längs zur Fahrtrichtung zwischen zwei *Spieren* gespannt wird

Großgaffelsegel bei mehreren *Gaffelsegeln* an einem *Mast* das untere Großsegel

Innenklüver auf unserem Schiff der innere *Klüver*

Klüver ein oder mehrere zwischen *Klüverbaum* und *Fockmast* befestigte *Stagsegel*; u.a. zur Unterstützung von Richtungswechseln

Rahsegel Gesamtheit der quer zur Schiffsachse angebrachten *Segel*

Schratsegel Gesamtheit der längs zur Schiffsachse angebrachten *Segel*

Stagsegel nicht an einem *Mast*, sondern an einem *Stag* befestigtes Dreieckssegel

Toppgaffelsegel bei mehreren *Gaffelsegeln* an einem *Mast* das obere Dreieckssegel

Vorbramsegel auf unserem Schiff das oberste *Segel* am *Fockmast*

Vormarssegel auf unserem Schiff das geteilte mittlere *Segel* am *Fockmast*

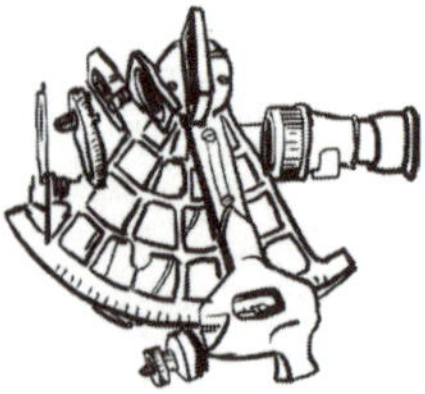

Sextant Weiterentwicklung des *Jakobsstabs*

Shiva einer der wichtigsten hinduistischen Götter *Indiens*; steht für Leben und Tod

Sizilien große *Mittelmeer*insel im Südwesten Italiens; Hautstadt Palermo

Smutje Schiffskoch

Falls sich jemand fragt warum hier kein blöder Witz steht... Max kann gerade nicht!
Mali

Sokotra Hauptinsel des gleichnamigen *Archipels* östlich des *Horns von Afrika*

Somalia Küstenstaat am *Horn von Afrika*

Spanten quer laufende Holzbögen zur Versteifung des Schiffsrumpfs von Segelschiffen

–> SCHEISS SCHWITZKASTEN
MAX

Spieren Rundhölzer wie *Masten* oder *Rahen*

Springtide siehe *Gezeiten*

Sri Lanka große Insel in der *Lakkadivensee* südöstlich von *Indien*

Stage *Tau* zur Stabilisierung eines *Masts* in Längsrichtung

Stagsegel siehe *Segel*

Stehendes Gut Gesamtheit des *Tauwerks*, das vor allem zur Stabilisierung der *Masten* dient und bei Manövern unbewegt bleibt; siehe auch *Stag*, *Wanten*; Gegenteil *Laufendes Gut*

Wer das verwechselt kriegt 'ne Backpfeife.
Mali

ODER 'NE STEUERPFEIFE
MAX

Steuerbord in Fahrtrichtung rechts vom Schiff; Gegenteil *Backbord*

Steuermann Besatzungsmitglied, welches das Schiffsruder bedient

Wenn ich dich erwische...
Mali

Stopperstek siehe *Schifferknoten*

Sueskanal siehe *Indischer Ozean*

Syrakus italienische Hafenstadt an der Ostküste *Siziliens*

Ortygia Insel vor *Syrakus*, auf der die Altstadt liegt

T

Takelage *Masten* und *Segel* sowie *stehendes* und *laufendes Gut* zusammengenommen

Takeln ein Schiff mit Takelage versehen; Gegenteil *Abtakeln*

Tau aus mehreren Seilen gedrillte (geschlagene) oder geflochtene Leine

Tauwerk Gesamtheit der *Taue* an Bord

Tide siehe *Gezeiten*

Tiefgang gibt an, wie weit ein Schiffsrumpf unter Wasser liegt

Topp Spitze eines *Mastes*

Toppgaffelsegel siehe *Segel*

Toppsegel siehe *Segel*

Totwasser besonders tückische Strömungen oder sauerstoffarmes Wasser

Trawler Schiff für Hochseefischerei

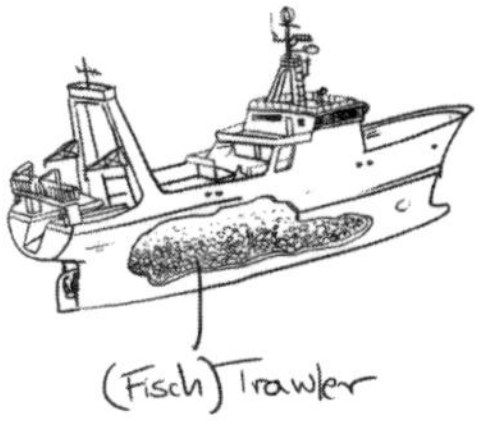

Trockendock große Wanne in einer *Werft*: Schiff rein, Stöpsel raus, reparieren, fertig

Trosse schweres *Tau*

U

Untiefe (1) geringe Tiefe; (2) große Tiefe

Ja was denn jetzt?

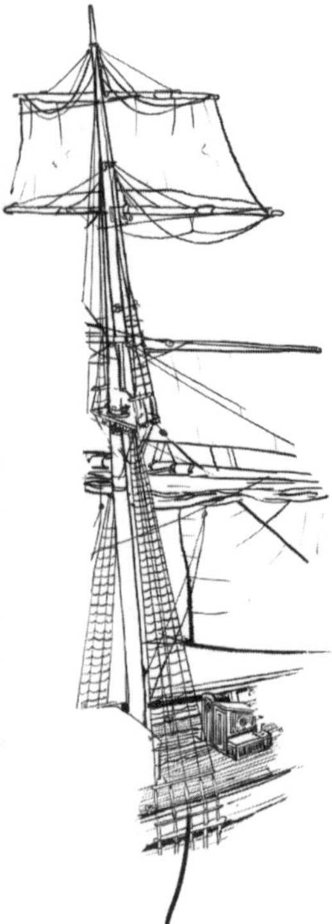

Wanten

Erst seit 1995 eine Monsterwelle auf einer Ölplattform dokumentiert wurde, gehören die nicht mehr ins Reich der Legenden. Hanna

V

Valletta Hauptstadt *Maltas*

Vollzeug ein Schiff unter Vollzeug, hat alle Segel gehisst

Vor dem Wind siehe *Kurse zum Wind*

Vorbramsegel siehe *Segel*

Vormarssegel siehe *Segel*

Vorstag zwischen *Fockmast* und *Bugspriet* gespanntes Tau

Vorsteven nach oben ragender vorderer Abschluss des Schiffsrumpfs; Gegenteil *Achtersteven*

W

Wache dauert üblicherweise vier Stunden (also 8 *Glasen*); wer sechs Stunden aushalten muss, hat die Hundswache

Wanten *Taue*, die den *Mast* seitlich stützen

Watt siehe *Gezeiten*

Webeleinenstek siehe *Schifferknoten*

Weiße Wand siehe *Welle*

Welle vor allem durch Wind hervorgerufene Aufwerfung an der Wasseroberfläche; seltene Monsterwellen (siehe unten) können bis zu 40 m hoch werden

Drei Schwestern drei Riesenwellen, die schnell aufeinanderfolgen und einem Schiff keine Gelegenheit zum Auftrieb geben

Kaventsmann schnelle und hohe Riesenwelle, die nicht aus derselben Richtung kommt wie der übrige Seegang

Weiße Wand steile und *gischt*gekrönte Riesenwelle, auf die ein tiefes Tal folgt

Wende Manöver, bei dem der *Bug* eines Schiffes durch den Wind gedreht wird

Werft Fertigungsstätte für Schiffe

Werg faseriges Abfallprodukt bei der *Flachs*verarbeitung, das zum *Kalfatern* verwendet wird

Windanzeiger siehe *Flagge*

Windsee Seegang mit vergleichsweise hohen, unregelmäßigen Wellen; kann zur Sturmsee werden; anders als *Dünung*

Windstärke Luftbewegung auf einer Skala von 0 (windstill) bis 12 (Orkan)

Wurfknoten siehe *Schifferknoten*

X

X-Band* Frequenz von 5 200 bis 11 000 MHz

Y

Yo-ho! Kommando zum gemeinsamen Anpacken; quasi »Hauruck!«

Z

Zeug (1) altes Wort für Gewebe; (2) Kleidung (*Ölzeug*); (3) *Takelage*

Zurren festbinden

*Max, Bevor du fragst das ist keine deiner Terrorbands. VALLE

Ist das nicht ein wenig speziell? Mali

Und das kommt von dir VALLE

Ok ich hab' nichts gesagt. Mali

IST DAS NICHT NE BAND? MAX

... Valentin. Mali

Langsam wird's lächerlich. Wir müssen hier nicht alles vollschreiben Hanna

... Und 'ne Buddel voll RUM! Chris Judith Mia MAX Mali

Hanna

Tobias Rafael Junge

geboren im Nordosten, in die Mitte gezogen und schließlich im Rheinland gelandet, verliebt, verheiratet und Papa geworden. Er wurde als Spieleentwickler bekannt, bevor er sich ganz der Schriftstellerei widmete und das erfolgreich abgebrochene Germanistik- und Geschichtsstudium hat dabei zumindest nicht geschadet. Das Spielemachen bestimmt auch nicht.

Tobi dankt

Ich bedanke mich bei meiner Familie, für ihre Geduld in den letzten Jahren und ihr Verständnis, mich mehr als sonst mit meinem Schreibtisch und meinen Geistern zu teilen … bei Volker Konrad im Krähennest … bei Ulrike Fischer für den Stein des Anstoßes … bei Johanna Jensen und Kristin Neugebauer für eine Geschichte, die sich zu erzählen lohnte ... noch mal bei Kristin für das behutsame Schwingen des digitalen Rotstifts … bei Nils für die Bilderflut … und natürlich bei Chris und der ganzen Besatzung der Marie für ihren Mut und das Überlassen ihrer Aufzeichnungen.

Nils Andersen

KIM & HIM nennt sich das Künstler-Kollektiv, das Nils Andersen 2015 mit einer Kommilitonin gründete, nach gemeinsamem Masterabschluss mit Auszeichnung an der Bauhaus Universität Weimar. Zuvor sammelte Andersen, Jahrgang 1985, in Hamburg Berufspraxis als AVID und After Effects Operator. Heute sammelt er als HIM am liebsten Illustrationsjobs.

Nils dankt

Ich habe mich sehr gefreut, an diesem Projekt mitwirken zu können.
Viele der Zeichnungen in diesem Buch sind mit der wunderbaren Unterstützung meiner besseren Arbeitshälfte Sabina entstanden.
Für Kritik und Unterstützung möchte ich mich auch bei meiner Ursl bedanken.
Danke auch an Tobi und Kristin für die tolle Zusammenarbeit, ihr seid klasse.

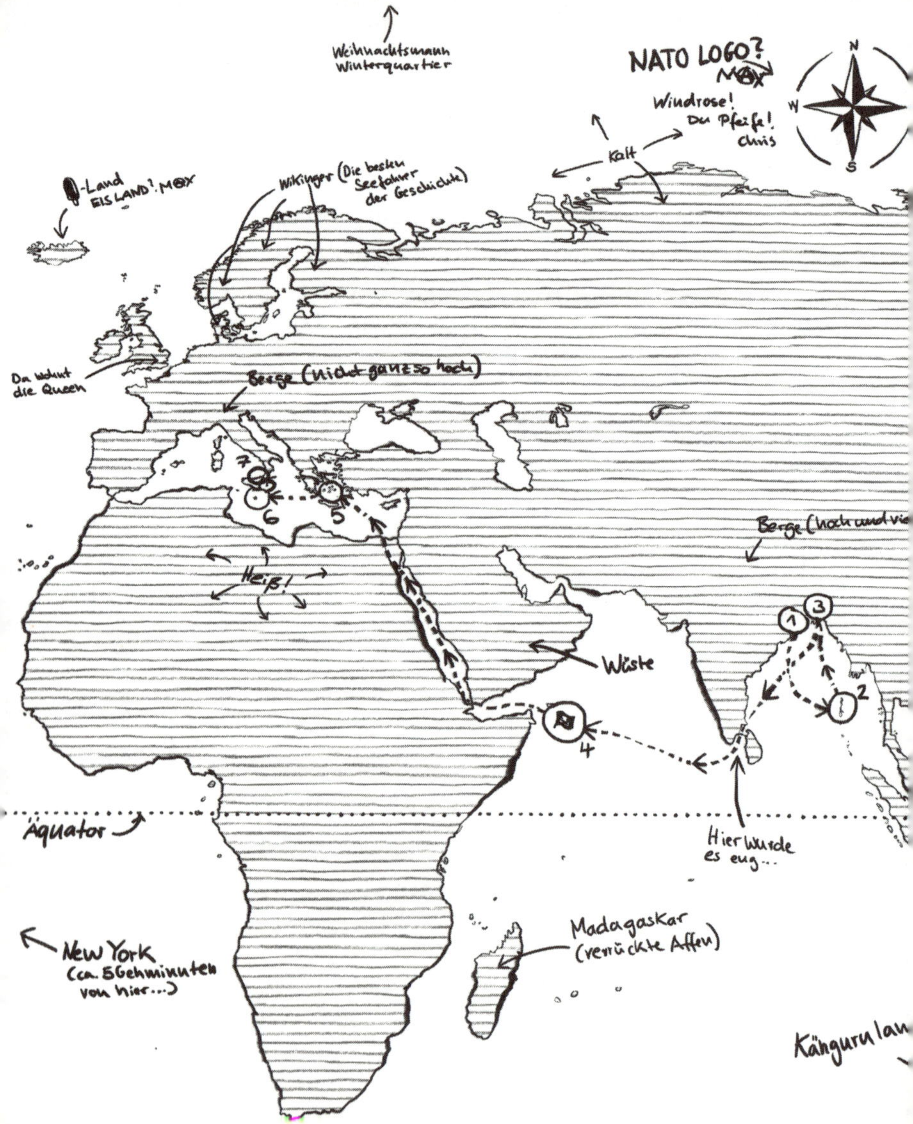

1 Kalkutta 18. Juni N22° 33° O88° 22°

2 Andamanen 30. Juni N15° 38° O93° 0°

3 Dhaka 8. Juli N23° 48° O90° 25°

4 Piratenangriff (oder Versuch) 5. August N 11° 23° O54° 25°

5 Santorin 30. August N36° 24° O25° 24°

6 Malta 4. September N35° 55° O14° 34°

7 Syrakus 5. September N37° 4° O15° 17°

Das Ende der Welt?
↓